Als wir Gangster waren

Foto: *Oliver Storz, um 1946*

Das Buch

Seine Abgebrühtheit hatte er so bewundert, als Sechzehn-
jähriger. Eines Tages jedoch, im Sommer nach dem Krieg,
sieht er seinen Freund Elmar in heller Panik über den Hof
rennen. Ein amerikanischer Schuss fällt, und Elmar bleibt
liegen, eine verrenkte Gliederpuppe. Was war dem voran-
gegangen? Wie hätte man ihn schützen können? In seinem
gewohnt coolen, poetischen Sound schildert Oliver Storz
eine Freundschaft in einer Ausnahmezeit, einer Zeit der
Anarchie: Die Väter waren abwesend oder hatten an Autorität verloren, Schule war Nebensache, Kirche und Partei
galten nichts mehr. Zuhälterei und Schmuggeln gehörten
zum Tagesgeschäft, auch in den »besseren« Kreisen.

Nach *Die Freibadclique* das letzte Romanfragment des
Autors, zusammen mit seinen schönsten Erzählungen.

Der Autor

Oliver Storz, geboren 1929 in Mannheim, aufgewachsen in
Schwäbisch Hall, ging 1957 als Feuilletonredakteur und
Theaterkritiker zur *Stuttgarter Zeitung*. Ab 1960 arbeitete er
bei der *Bavaria* als Autor, Produzent, Dramaturg, seit 1976
war er freier Schriftsteller und Regisseur. Seine Filme wur-
den vielfach ausgezeichnet, u. a. mit dem Grimme-Preis.
Sein spätes Meisterwerk *Die Freibadclique* (2008) ist bereits
Schullektüre. Oliver Storz starb im Juli 2011 in Deining bei
München.

Von Oliver Stolz ist in unserem Hause bereits erschienen:

Die Freibadclique

Oliver Storz
Als wir Gangster waren

Mit einem Vorwort von Dominik Graf

List Taschenbuch

Besuchen Sie uns im Internet:
www.list-taschenbuch.de

Der Verlag dankt Judith Storz, Sylvia Storz,
Susanne Storz und Franziska Storz für die Hilfe
bei der Sichtung des Nachlasses und
der Zusammenstellung des Bandes.

Ungekürzte Ausgabe im List Taschenbuch
List ist ein Verlag der Ullstein Buchverlage GmbH, Berlin.
1. Auflage April 2013
© für die deutsche Ausgabe Ullstein Buchverlage GmbH,
Berlin / Graf Verlag, München 2012
© des Vorwortes: Dominik Graf / Ullstein Buchverlage GmbH
Umschlaggestaltung: bürosüd° GmbH, München
unter Verwendung einer Vorlage von:
www.buero-jorge-schmidt.de
Titelabbildung: © Corbis
Satz: Uwe Steffen, München
Gesetzt aus der Palatino
Papier: Pamo Super von Arctic Paper Mochenwangen GmbH,
Deutschland
Druck und Bindearbeiten: CPI – Clausen & Bosse, Leck
Printed in Germany
ISBN 978-3-548-61164-8

Inhalt

Schnee

Vorwort von Dominik Graf

Meine Generation der Nachachtundsechziger suchte unter den Vätern lange den einen oder anderen, der mal nicht nur immer recht haben wollte – und zwar vor allem dann, wenn es um jene Zeit ging, die wir im Nachhinein kaum noch verstehen konnten. Wir wollten keine Mahner und Besserwisser, keine Schreihälse und schon gar keine Männer mit der Gnade der späten Geburt. Die edelste Gemütslage, der wir unter den Vätern und Lehrern begegnen konnten, das waren der Zweifel und die Selbstbefragung.

Oliver Storz hatte dieses Understatement, dieses leidenschaftliche Bloß-nicht-Übertreiben und dieses Bloß-nicht-so-tun-als-ob-man-Bescheid-wüsste. Und trotzdem toben allüberall in seinem Werk die großen Empfindungen herum. Lebenswut. Arbeitswut. Sehnsucht. Der rote Badeanzug aus der *Freibadclique* ist ein ewiges Bild seines Stils und seines Blicks auf die Dinge des Lebens geworden. Hätte er seinen Roman selber verfilmen wollen, wenn er ein paar Jahre jünger gewesen wäre? Wer weiß. Stattdessen hat er dann noch ein neues Buch in Angriff genommen. Dass es nun ein Fragment geblieben ist, ist traurig. Aber war nicht in seinem ganzen Erzählen der letzten Jahre so etwas Tastendes, Erinnerungserforschendes, wunderbar Unsicheres? Und war das »Fragment« nicht einmal ein grandios-beabsichtigtes romantisches Literaturgenre?

Die Furien der Vergangenheit müssen ihm stets auf den Fersen gewesen sein. Verführerische, sirenenhafte Furien. Mythos und Alltag der Wirren vor und direkt nach Kriegsende in einer württembergischen Märchenstadt. Storz war immer der Jüngste in seiner Generation, und was er schrieb, war immer schon Jazz.

Ein Jahr Geburtsunterschied konnte in seiner Generation viel bedeuten, konnte unterscheiden zwischen Aufwachsen inmitten der Propagandamaschine oder aber: dem Dritten Reich bereits mit Beginn der Pubertät mental komplett entlaufen zu sein. In der *Freibadclique* beschreibt Storz, wie am Morgen nach der Kristallnacht auf dem Marktplatz seiner Heimatstadt Schwäbisch Hall die von den jüdischen Mitbürgern geraubten Güter und Gegenstände zusammengehäuft wurden, wie die örtlichen Nazis ein triumphales Freudenfeuer veranstalten wollten und wie daraus wegen Regen nichts wurde: stattdessen ein trübsinnig schwelender Haufen von Räubergut, unbeabsichtigt kümmerlich und anklagend. Selbst den Initiatoren eher peinlich. Das waren so die Bilder, die Oliver Storz liebte.

Nach dem faschistischen Zusammenbruch folgten drei wilde, glückliche Jahre in den Trümmern des Tausendjährigen Reichs – quasi ohne regiert zu werden. Ein Provisorium, eine Zwischenzeit. Deutschland in der Katharsis nach dem Blutrausch, in seinen Ruinen schöner, ehrlicher denn jemals vorher oder nachher. »Die besten Jahre meines Lebens.« Und als im Sommer 1948 die Währungsreform kam, da war diese einzige echte Freiheit nach der brutalsten Unfreiheit, da waren das Chaos, die Anarchie in der BRD schon wieder vorüber, und neue unumstößliche Wahrheiten des Kalten Krieges regierten das Land. Falsch und verlogen wie zuvor.

In Oliver Storz' Zweiteiler *Im Schatten der Macht* gibt es eine erinnernde Rückblendenszene des bereits im Amtsabgang befindlichen Bundeskanzlers Willy Brandt, eine Szene, die den Morgen nach einer (für uns nur erahnbaren) Liebesnacht zeigt. Brandt – gespielt von Michael Mendl – tanzt mit einer im Film ungenannten jüngeren Frau (Ann-Kathrin Kramer) am Fenster ihres Hotelzimmers zu dem wundervollen Song *Where or when*. Er sagt zu ihr: »Im Augenblick sehen wir eigentlich einem glücklichen Paar zum

Verwechseln ähnlich.« Sie sagt: »Schade, dass uns niemand fotografiert.« Er sagt: »Die Presse? Bist du verrückt?« Sie sagt: »Nein, einfach so. Ein Erinnerungsbild. Für niemand.« Er: »Da müsste uns aber der liebe Gott fotografieren.« Sie: »Das hat er schon.«

Brandt – der Mann mit dem »Mantel aus Einsamkeit«, wie es an einer anderen Stelle in diesem Film heißt – spricht nur die Möglichkeit einer ganz unmöglichen Liebe aus, er benennt ein Glück, dem man – wie in dieser Sekunde – höchstens »zum Verwechseln« nahe kommen kann. Und diese kleine Annäherung an die Unerreichbarkeit der Liebe ist für ihn vielleicht im Grunde schon nah genug. Die Frau widerspricht ihm nicht, sie sagt zum Beispiel nicht: »Aber wir sind doch jetzt gerade ein glückliches Paar.« Doch sie weiß, dass sie in diesem Moment das Glück konkret in den Händen hält, und sei es noch so kurz und sei es noch so geheim und sei es auch von Stund an nur in ihrer beider Erinnerung für ewig verborgen. Er, Brandt, wirkt wie schon wieder darüber hinaus, ist dem Moment bereits innerlich entflohen.

»Im Augenblick sehen wir einem glücklichen Paar zum Verwechseln ähnlich« – es spricht aus diesem Dialogsatz eine Größe der Skepsis, es weht daraus ein so typischer Atem der Zweifelns und des Fragens in jeder Lebenslage, eine Tonart, die Oliver Storz für mich so groß machte. Skepsis jeder Errungenschaft im Leben, in der Kunst, in der Politik und auch und vor allem sich selbst und den eigenen Leistungen gegenüber. Und in seinem Zweifeln klingt auch das Gewicht der Tradition mit, in der er stand, und natürlich das Schicksal seiner Generation.

Storz zu lesen, heute, verführt zu einer Liebeserklärung an diejenigen unter unseren Vätern, deren zurückhaltende Skepsis wie ein Geschenk war für meine spätere Generation (und für die folgenden Generationen sein wird – wenn sie es denn annehmen). Ein Geschenk der Weltsicht im privaten Erleben ebenso wie im politischen Miterleben. Einige der aus dem Krieg zurückgekehrten Väter waren und blieben ihren Söhnen und Töchtern auch fern, immer leicht distanziert. Das Erlebte hatte sie verschlossen. Davon verstand Oliver Storz selbst einiges, von verschlossenen Vätern. Aber dahinter stand eben auch ein gesundes Misstrauen gegenüber zu viel emotionaler Vertraulichkeit, neuer Gemütlichkeit, gegenüber jener »Gefühligkeit«, wie die intellektuelle Nachkriegsgeneration all diese falschen Sentimentalitäten nannte, die zuerst in ihrer Nazikindheit und später in den Wirtschaftswunderjahren noch mal auf sie heruntergespült wurden. Es ist in ihrer Zurückhaltung in meinen Augen nicht zwangsläufig ein Seelenschaden sichtbar, den die Kriegskinder – an der Front oder in der Heimat – genommen haben. Es ist eher ein Umgang der emotionalen Vernunft mit dem Leben, das wie ein Messer in sie eingedrungen war und sie tief verletzt hatte. Ihr Misstrauen jeder privaten und öffentlichen Emphase gegenüber war und ist eine enorme – im wahrsten Sinn – Errungenschaft.

Und wenn die Zurückhaltung bei Oliver Storz mal brach – wie an seinem letzten Geburtstag im Frühjahr –, wenn man ihn lobte, feierte, dann waren seine Augen groß, ungläubig, als fragten sie: »Ja, stimmt das denn? Gilt das wirklich mir?« Und Rührung mischte sich vielleicht ganz kurz mit dem Zigarettenrauch, der ihn stets umgab – der bei ihm längst nicht nur Genuss, sondern vor allem Stil war –, und verunsicherte ihm den Blick.

Früher wurde im westdeutschen Fernsehen spätestens gegen halb zwei Uhr nachts die wehende Bundesflagge mit Nationalhymne gesendet, dann zehn Minuten Testbild, dann Fernsehschnee, Programmschluss. Ende, disconnected for tonight. Genau aus diesem Schnee entstiegen in Tobe Hoopers *Poltergeist* noch 1982 durch die Bildschirmberührung eines kleinen Mädchens die Mächte des Bösen und bevölkerten das Haus. Der Schnee brachte uns also jede Nacht die Geis-

ter des Fernsehens ... Den deutschen Programm-
bossen war es aber nach der Wiedervereinigung
unheimlich, den deutschen Zuschauer nachts
so lange allein zu lassen, und sie schafften den
Schnee ab. Aber die Geister des Fernsehens blieben trotzdem. Oliver Storz hat Fernsehen gemacht in einer Zeit, in der es noch ein Spiel war,
ein Experiment. Er ist nun sozusagen ein guter
Geist, eine stetige Inspiration. Manchmal sehe
ich auf einen dunklen Bildschirm und erinnere
mich an den elektronischen Schnee damals ...
wie in einer Séance.

Wir hätten uns beinahe im Leben verpasst. Als
ich zur Bavaria kam, Ende der Siebziger, da war
er dort schon weg. Einmal begrüßte ich ihn kurz,
als er Karoline Eichhorn von Probeaufnahmen
mit mir zu einem Kaffee am Gärtnerplatz abholte.
Und als ich ihn dann so dringend treffen wollte,
da war er schon todkrank. Am 10. Dezember 2010
fuhr ich abends mit Matthias Brandt durch einen
ersten Schneesturm des Winters nach Deining im
Süden Münchens. Wir verirrten uns unterwegs,
wurden per Handy von Storz umgeleitet, kamen
trotz dichtem Schneetreiben doch noch ans Ziel
und verlebten einen gesprächigen, mir unvergesslichen Abend. Er bot mir einen Stoff von sich
an (er fand in seinem herrlich organisiert unauf-
geräumten Arbeitszimmer sein Drehbuch nicht

sofort). Ich wollte zwar mit ihm einen anderen Stoff besprechen, seine *Freibadclique* – aber wie auch immer, wir kamen schnell von allen Absichten ab und redeten und redeten einfach nur, und es wurde spät. Am nächsten Morgen hatte ich die fixe Idee zu einem Film über ihn und zu seiner Welt und seiner Erinnerungsarbeit im Kopf. Wir haben zwei große Gespräche für diesen Film geführt. Drei Wochen nach dem zweiten Gespräch ist Oliver Storz gestorben.

Ich habe beim Schneiden des Films, der dann entstand, so gut es geht versucht, durch den Cocteau'schen Spiegel ins andere Reich zu greifen. Ich hätte Oliver Storz so gerne hier bei uns behalten. Menschen wie er haben eigentlich Sterbeverbot. Wir brauchen sie heute so sehr, in den allerdümmsten Zeiten, die unser Land seit dem Weltkrieg erlebt hat.

»Im Augenblick sehen wir einem glücklichen Paar zum Verwechseln ähnlich …«

»It seems we stood and talked like this before.
We looked at each other in the same way then.
But I can't remember where or when …
Some things that happen for the first time
Seem to be happening again.«

Das ist der Song zum Wiedersehen mit ihm – und zum Lesen seiner Bücher.

———

Er hat übrigens einmal Robert Mitchum getroffen, erzählte er mir, morgens früh in der Hotelbar in LA. Storz mit totalem Jetlag, Mitchum von seiner Begleiterin aus dem Zimmer geworfen. Männer unter sich. Man sieht sie noch miteinander reden, in einer halbdunklen Halbtotale, man hört sie jetzt nicht mehr. Draußen geht die kalifornische Sonne auf und findet die beiden nicht in ihrer geschützten dunklen Whiskey-Ecke.

Dominik Graf   *Januar 2012*

Dominik Graf, *geboren 1952 in München, Sohn des Schauspieler-ehepaars Selma Urfer und Robert Graf. Als Filmregisseur machte er erstmals Furore mit dem Kinofilm* Die Katze *(1987), zuletzt mit dem Fernseh-Zehnteiler* Im Angesicht des Verbrechens *(2010). Für sein filmisches Werk wurde er vielfach ausgezeichnet, darunter neunmal mit dem Grimme-Preis. Letzte Buchpublikation:* Schläft ein Lied in allen Dingen. Texte zum Film. *Hrsg. v. Michael Althen (Berlin 2009).*

Als wir Gangster waren

I

Der Tag, an dem sie Elmar umbrachten, hat für mich damals lange gedauert, hat überhaupt nicht mehr aufgehört, über ein ganzes Jahr hinweg nicht, oder besser gesagt: hat immer wieder von Neuem angefangen, jeden Morgen habe ich die zwei Schüsse in der Stille, das erschrockene Verstummen der Vögel gehört, nur aus dem Schergerwald rief unbeeindruckt der Kuckuck – Unsinn, das kann nicht sein: Elmar starb im Herbst, und im Herbst ruft kein Kuckuck. Egal, im Zweifelsfall siegt die Erinnerung, und also schrie der Kuckuck, obwohl das im Herbst war. Ewig her das alles, fast wie nie geschehen, wahrscheinlich bin ich der Letzte, der noch davon weiß, und ich hab's nicht mehr weit nach Kaltenbach (so sagen sie in der Heimatstadt von einem, der das Meiste hinter sich hat, denn im Vorort Kaltenbach liegt der Friedhof) – warum also, werden Sie fragen, überhaupt noch davon reden? Bitte, ich wollte das ja gar nicht, ich bin weder Chronist noch Heimatdichter, und die Sache mit Elmars Tod kam mir so auf der Autobahn zwischen Ulm und Würzburg, kurz vor der Ausfahrt, die man nehmen muss, wenn man nach S. will. Ich wollte nicht. Ich fuhr daran vorbei. Ich hatte in S. nichts mehr verloren, und dann – verrückt – nehme ich die nächste Ausfahrt und fahre den Bogen zurück auf die Landstraße nach S.

Das *Hotel zum Goldenen Pfau* gibt es noch, sicher inzwischen auch modernere, komfortablere Häuser, aber für eine Nacht tut's der *Pfau*, sie haben jetzt sogar einen Aufzug – »schon ewig«, sagt das Mädel an der Rezeption lächelnd, aber mit leisem Vorwurf. Zwei Zimmer im ersten Stock stehen zur Wahl, das eine (größte im Haus) zum laut Hotelprospekt »einmalig schönen historischen« Marktplatz hinaus, in dem Kaiser Karl V. genächtigt hatte, wenn er seine Freie Reichsstadt S. besuchte. Das andere zum »einmalig schönen Renaissance-Innenhof« (Hotelprospekt) hin gelegen. Das Kaiserzimmer nehme ich nicht, denn ich finde, dass es einem treulosen Sohn der Stadt, der sich seit seiner Jugend nie mehr hierorts hat blicken lassen, nicht zukommt. Das Zimmer zum Hof hin ist gut genug für mich, sage ich mir, immer noch ahnungslos, dass in diesem Hof … also ich weiß nicht, wo ich meine Gedanken hatte.

Ich gebe zu, es ist längst zur fixen Idee geworden: Niemand ist misstrauischer als ich beim Beziehen eines Hotelzimmers. Ich rechne mit allem und überprüfe sofort, ob das Telefon angeschlossen ist, ob Schreibtisch- und Nachttischbeleuchtung funktionieren, ob im Bad die Wasserspülung geht, ob das heiße Wasser aus der Dusche wirklich heiß, das kalte wirklich kalt kommt, die Klimaanlage, falls vorhanden, sich regulieren lässt, ob der Roomservice sich bei Anruf meldet und so weiter. Ich arbeite die Strichliste in meinem Kopf ab und stehe nicht an, umgehend auszuziehen, wenn sich mehr als ein Minuspunkt ergibt. Ein Lob dem *Goldenen Pfau*: Es ist alles in Ordnung, bis ich hinunterblicke in den Hof

– dort sehe ich Elmar rennen – in Richtung auf das westliche Tor –, ich höre den ersten Schuss, und Elmar duckt sich, rennt aber weiter, hat noch sieben, acht Meter bis zum Torbogen – wenn er da durch ist, hat er eine Chance: im Schutz der Hofmauer bis zum Steg über den Säubach und dann hinauf in den Bannwald, der oben auf der Talhöhe übergeht ins riesige undurchdringliche Dickicht des Schergerwalds –, ich höre den zweiten Schuss und sehe Elmar schräg wegkippen, genau unter dem Torbogen, seine Beine schlegeln noch kurz, als wollten sie weiterlaufen, aber das hat ihnen der Elmar schon nicht mehr befohlen, der ist schon starr und still und merkwürdig klein, seltsam verbogen auch, liegt da wie eine verrenkte Gliederpuppe, die irgendwer aus dem Fenster geworfen hat: Elmar von Grottenau, damals knapp siebzehn, Landadel, der Vater Kriegsgefangener irgendwo im Osten, Mutter und Geschwister auf der Flucht in den Westen verloren gegangen – »macht nischt«, hat der Elmar gelegentlich gesagt, »biste alleene, biste quicker«, bloß: An diesem diesigen Herbstmorgen war er nicht quick genug, obwohl der Amiposten – wie später seitens der Ortskommandantur verlautete – gar nicht gezielt geschossen hat, bloß eben so in der Richtung. Das kann man glauben oder nicht.

»Aus«, höre ich Bubu neben mir sagen, »so long, Grotte!« Wir kauern im östlichen Tor, haben die erste Stunde geschwänzt (war eh bloß Latein) und uns hergeschlichen, um Elmar zuzuwinken, wenn sie ihn aus dem Militärgefängnis bringen würden, um ihn dem Ortskommandanten vorzuführen, der im beschlagnahmten *Pfau* residiert. Wir haben gewusst, wann das stattfinden würde, denn Bubus Vater, ehemaliger Justizwachtmeister und jetzt als Hilfsorgan in amerikanischen Diensten, ist immer gut informiert. Wir haben gesehen, wie der Jeep in den Hof hereinfuhr und Elmar von zwei MP-Leuten (Military Police) herausgehievt wurde. Wir haben gesehen, wie Elmar ganz plötzlich dem einen die Faust ins Gesicht, dem andern das Knie in den Unterleib wuchtete und losrannte – warum sie ihm nicht schon im Militärgefängnis Handfesseln angelegt haben, verstehe ich bis heute nicht –, und dann die Schüsse, und wir haben gesehen, wie die MP-Leute den toten Elmar in den östlichen Seitenflügel des Hotels schleppten, sie hatten ihn an den Beinen und unter den Achseln, den Kopf hatte niemand, der hing senkrecht nach unten. Wir haben gehört, wie der Fahrer des Jeeps ihnen hinterhergerufen hat: »Hey you, what's the idea of shootin' a kid? Are you nuts?« Da schlug die Glocke von Sankt Martin halb neun, und wir haben uns verdrückt.

Immer noch stehe ich am Fenster und schaue hinunter in den Hof, wo im Licht der Junisonne die geparkten Daimlers und BMWs und Porsches blitzen. Und aus dem Schergerwald ruft der Kuckuck.

* * *

In der Heimatstadt nachts im Hotel: Einsamer kannst du nicht sein. Fremder bist du nirgends. Bis Mitternacht in der fast leeren Bar gehockt mit einer freudlosen Blonden, überreif in zu engen, leopardengefleckten Hosen. Sie lässt sich ein paar Gläser Wein spendieren und belohnt mich jeweils mit einem Blick, der einstudiert tief, aber eigentlich leer ist. Aus irgendeinem Grund ist sie der Meinung, dass das rote Ferrari-Coupé mit der Münchner Nummer im Hof mein Wagen sei, und das scheint für sie den Umstand aufzuwiegen, dass ich vermutlich fast doppelt so alt bin wie sie. Sie arbeitet als »Dessainerin« in einer Textilfabrik in Stuttgart-Zuffenhausen. Was dessaint sie? »Wäsche«, sagt sie, »exklusiv, aber nicht, was *Sie* denken.«

Aber dann, später auf dem Zimmer, das Rauschen der Muhr unten am Wehr, das über den Talhang herauf in die Häuser dringt. Dieses Rauschen macht vieles gut. Das war immer da. Als Kind habe ich mir manchmal vorgestellt, es sei das Rauschen des Nachtwinds im Bart eines riesigen alten Mannes, in dessen Schoß die Stadt schläft, und jetzt bin ich alt, hab's nicht mehr weit nach Kaltenbach, und immer noch rauscht die Muhr und sagt: »Was ist denn noch? Schlaf ein, Menschlein, schlaf endlich ein.« Dies wird bleiben und auch noch sein, wenn ich längst eingeschlafen bin für immer.

Die Muhr ist ein unbedeutendes Flüsschen, das vierzig Kilometer weiter nordwestlich unauffällig in den Neckar mündet, und dass sie, die Muhr, bei jedem Wasserstand ein solch allumhüllendes Rauschen zustande bringt, ist unerklärlich. Aber erwiesen: Bei Nacht rauscht die Muhr wie sonst kein fließendes Gewässer. Ich habe Ufernächte am Rhein verbracht, an Donau und Elbe, auch am Missouri und Sankt-Lorenz-Strom – imposant, wie diese Ströme daherkommen, ich meine akustisch, im Dunkeln: eindrucksvoll-einschüchternd, und sie machen dich klein, drücken dir die Seele zusammen, ertränken dich in ihrem Rauschen. Die Muhr hingegen bettet dich sanft in gewichtslose Laken, stillt dich mit Stille, denn das ist das Geheimnis der Muhr: Ihr Rauschen erzeugt Stille –

– und dann, plötzlich, hebt es mich hoch vom Bett, das mir die Muhr macht, und ich lausche wie ein aufschreckendes Wild in die Nacht: Da sind Stimmen. Stimmen im Flussrauschen. Stimmen von weit her, aber näher kommend, und das ist neu. Dass die Muhr Stimmen mit sich führt, ist neu, auch störend, ganz abgesehen von dem lachhaften Zufall, dass mein Blick in diesem Moment auf die Zeitschrift fällt, die mein Vorbewohner im Zimmer hinterlassen hat. Sie liegt auf den schwarzen Gurten der Kofferablage neben meiner Reisetasche

und befiehlt mir mit ihrem Titel: *HÖR ZU!*
Und ich – bitte lachen Sie nicht, obwohl: es ist
zum Lachen –, ich gehorche tatsächlich, und
die Stimmen sind jetzt nah, und es sind viele,
Frauenstimmen, Männerstimmen, junge, alte
aus der Tiefe der Jahre, flehentlich, dringlich,
schließlich fordernd: Erzähle.

Dann Stille, oder – was dasselbe ist – nur noch
das Rauschen der Muhr. Ich, in Kleidern auf
dem Bett, liege erschöpft wie nach gewaltiger
Anstrengung, habe lächerlicherweise Seiten-
stechen. Eines ist klar: Zu wem die Toten sprechen, der wird bald bei ihnen sein. Dann aber
der weitaus schlimmere Gedanke: War gar
nichts? Bloß Hirngespinste? Der Anfang von
etwas, das sie »Altersdemenz« nennen? Erst
hörst du Stimmen, und dann, wenn die Krank-
heit fortschreitet, erscheinen sie dir leibhaftig,
alle, deren Stimmen du gehört hast: Elmar,
Bubu, der große Knuffke, die strenge Helma,
damals von uns die »SS-Möse« genannt, bis sie
Bubu so aufs Maul schlug, dass er Blut spuckte,
das selbstmörderische Ehepaar Strumpff
von »Damen- und Herrenbekleidung« samt
der luderhaften Tochter Gudrun und ihrem

merkwürdigen Herrn Kühle, Szyparski, der
Schwarzmarktkönig, der Schrotthändler Kugler, dem sie das zweite Gesicht nachsagten, der
Zahnarzt Rosenacher, der immer mehr wusste
als alle, und die Luftwaffenhelferin Lore, ach
Lore in dem roten Badeanzug, der damals,
mitten im Krieg, von solidester Friedensqua-
lität gewesen sein muss, unsere brennenden
Blicke hätten ihn sonst vorne und hinten, oben
und unten durchlöchert, und ich weiß nicht,
wer alles noch – sie alle werden mir geist-
weise erscheinen und um mich herumstehen
in der trostlosen Kammer eines Pflegeheims,
und nur ich werde sie sehen und mit ihnen
reden, und das Pflegepersonal wird sich be-
denkliche Blicke zuwerfen und mich vorsorglich ans Bett gurten, und eine der gutmütige-
ren Frauen wird vielleicht mit einem milden
Lächeln sagen: »Ist ja schön, Herr Sänger, dass
Sie heute wieder so viel Besuch haben ...« –

II

Es war der 30. April 1945, ein Montag, glaube ich, oder Dienstag? Egal, jedenfalls mein sechzehnter Geburtstag. Wir hier in S. waren seit knapp zwei Wochen amerikanisch – wenigstens vorläufig, denn in den Wäldern ringsum lag angeblich noch Waffen-SS, und von dort zog stetig ein Dunst widersprüchlicher Gerüchte über die Stadt: Das seien versprengte Haufen, halb verhungert, mit kaum mehr Munition, oder ganz im Gegenteil: Fanatiker der letzten Stunde seien das, bis an die Zähne bewaffnet und willens, die Amis in einem konzentrischen Gegenstoß wieder aus der Stadt zu werfen.

Ich, das Geburtstagskind, sagte: »Wenn die zurückkommen, hängen wir als Deserteure am nächsten Baum.«

Bubu (eigentlich Hubert, Bubu war sein

Kindername) sagte: »Quatsch, wenn die wirklich komm', ziehn sich die Amis sofort zurück
und schicken die Jagdbomber, gleich 'ne
ganze Staffel, und dann sind wir hier sowieso
alle hin.«

Diese Aussicht – ob Sie's glauben oder
nicht – fand ich einigermaßen beruhigend: Bei
einem Jaboangriff draufzugehen war normal,
aber auf so 'ner Leiter zu stehen, den Strick
um den Hals, und unten ist das Standgericht
versammelt, und einer sagt: »Im Namen des
Führers!«, und sie ziehen die Leiter weg, sodass der Führer das letzte Wort ist, das du im
Leben gehört hast – danke für Obst und Süd-
früchte, davor hatte ich gewaltigen Schiss,
schließlich – wir hatten sie hängen sehen
auf der Flucht von der Front (die's ernsthaft
nicht mehr gab): Sie hingen an früh blühen-
den Apfelbäumen, Jungs in unserem Alter,
kaum sechzehn, aber auch altgediente Land-
ser, denen sie zuvor die Orden weggerissen
hatten, man sah noch die Risslöcher im Uni-
formtuch, EK I, Nahkampfspange, Infanterie-
sturmabzeichen, der ganze Klimbim – aber
was rede ich, zur Sache endlich: Bubu und ich
hockten im *Roten Ross* herum, einer Bierwirt-

schaft in unserer Gegend. Die war geschlossen, die Wirtsleute geflüchtet aufs Land, denn die Partei hatte, bevor sie selber floh, verkündet, die geliebte Heimatstadt werde verteidigt bis zur letzten Patrone, und das Ergebnis hat der *Ross*-Wirt nicht abwarten wollen. Elfriede, die Schankkellnerin, schon. Auch das von der Partei gestreute Gerücht, im Falle einer amerikanischen Besetzung der Stadt würden alle jüngeren Frauen von Negersoldaten vergewaltigt, konnte Elfriede nicht schrecken. »No ja«, soll sie zur Milchfrau nebenan gesagt haben, »sollet die vielleicht die alte Weiber nehma?« Sie war, denke ich, Mitte dreißig und hatte – wie soll ich sagen? – eine weitläufige Figur, Bauerntochter aus Himmelbach mit beträchtlichen Muskeln vom Heumachen und Getreidegarbenstemmen, sodass es eventuell zwei Neger gebraucht hätte, um sie zu bändigen, was ein rein theoretischer Gedanke war, denn bis jetzt hatte man von keinerlei Übergriffen – schon wieder schweife ich ab; ich will ja nur sagen: Elfriede hatte uns zum Hintereingang hereingelassen, etwas Essbares in Aussicht gestellt und war dann in der Küche verschwunden. So hockten wir in der leeren Gaststätte herum und warteten. Das Gemälde über dem Stammtisch vom Einmarsch des deutschen Expeditionskorps beim Boxeraufstand anno 1900 in Peking wurde nicht schöner, die Siegerurkunden des Ringerklubs *Kraftvoll und edel* an der Wand wurden nicht aufschlussreicher, und Bubu versuchte an der Theke, dem Zapfhahn ein Glas Dünnbier zu entwinden, erzielte aber nur ein feuchtes Gurgeln. Es muss zwischen drei und vier an diesem Nachmittag des 30. April gewesen sein, und niemand hierorts ahnte – am wenigsten wir –, dass sich um diese Zeit Adolf Hitler in seinem Berliner Bunker zehn Meter unter der Erde eine Kugel in den Kopf schoss. Hätten wir es gewusst, ich weiß nicht, ob uns viel dazu eingefallen wäre, vielleicht nur die Frage: War's das jetzt mit dem Krieg, oder was würde noch kommen? »Des Führers Jugend« waren wir ohnehin schon länger nur noch widerwillig gewesen, und was immer nun kommen würde, einen neuen Besitzer wollten wir nicht. Niemandes Jugend wollten wir sein. Nie mehr.

Von der Küche her hörten wir Elfriedes Zarah-Leander-Alt: »Nur nicht aus Liebe weinen …«, in der Küche sang sie ja immer. Dann aber nicht mehr. Merkwürdige Stille, die sich zog. Auch kein Geschirrklappern mehr. Das heruntergelassene Milchglasfenster der Durchreiche ließ keinen Blick in die Küche zu. Was lag jetzt näher, als die Tür neben der Durchreiche zu öffnen und nach dem Rechten zu sehen? Nur: Die war verschlossen. Klopfen, Rütteln – nichts regte sich. Bubu und ich sahen uns an: Etwas musste passiert sein. Man hatte ja von rätselhaften Todesfällen gehört, zum Beispiel der Schuhmacher Rückelkamm, kerngesund und nur wegen eines Sehfehlers vom Wehrdienst zurückgestellt, war so gestorben, mitten in der Arbeit, als er dem Kreisleiter Sengle neue kackbraune Stiefelhosen anmaß, und nur als ein Zufall, keinesfalls als Ursache konnte gelten, dass es geschah, als gerade die Nachricht von der Entmachtung Mussolinis im Radio kam – also nichts wie hinaus in den Hof und durch das trübe Glas des hinteren Fensters gespäht und –

– »erstarrten« wir, wie man ja gerne im Nachhinein solche Augenblicke beschreibt? Rissen wir Augen, Mund und womöglich Nasenlöcher auf? Ich weiß nicht, drücken wir es also schlichter aus: Wir glotzten so blöd aus der Wäsche wie noch nie zuvor in unserem Pennäler- beziehungsweise Volkssturmgrenadierdasein, wir glotzten nämlich auf einen rötlich behaarten Männerhintern, der aber nicht allein war, sondern rechts und links Gesellschaft hatte von Elfriedes unverkennbar fleischigen Waden und Füßen, die sich bewegten im selben Takt wie der Hintern (sagen wir Allegro ma non troppo), sonst war von Elfriede nicht viel zu sehen, was einerseits am Arrangement der drei Meter vor uns stattfindenden Leibesübung lag, andererseits an unserem Blickwinkel, in dem der breite Rücken und der taktsichere Hintern des Mannes die restliche Elfriede verdeckten, aber dass sie rücklings auf dem Küchentisch lag (und dies offensichtlich ohne Gegenwehr, sondern in kooperativer Harmonie) – dies war klar ersichtlich. Eine Vergewaltigung war das nicht. Auch war der Ami (als solcher kenntlich an seinem olivgrünen Fieldjacket) kein Schwarzer – wie seine bleichen Beine über der in den Kniekehlen hängenden Uniformhose verrieten. Überhaupt – allen Parteigerüchten zum Trotz kündete diese Feindberührung von einer Einvernehmlichkeit, die sich jetzt zum Sinnbild steigerte, als Elfriede die Hüften des Feindes sozusagen mit den Beinen umarmte – eine friedlichere Kapitulation war nicht denkbar, und neben mir sagte Bubu: »Jetzt glaub ich's allmählich, der Krieg is' aus.«

Noch lange damals fiel mir, wenn ich das Wort »Besatzungsmacht« hörte, diese erste nähere Begegnung mit derselben ein: Ich hatte ihren haarigen Hintern gesehen über herabgelassenen Hosen, gewissermaßen die Weltmacht im Zustand peinlicher Preisgegebenheit, zwar noch ein Feind (zumindest offiziell), aber doch ein überaus menschlicher. Bubu und ich kehrten nicht mehr in die Wirtschaft zurück, denn die in Aussicht gestellte Mahlzeit konnte unter diesen Umständen noch lange auf sich warten lassen. Wir gingen durchs Hoftor hinaus auf die Gerbergasse, wo knapp hinter dem Tor der Jeep des – wie stark zu vermuten war – Nacktärschigen parkte, mit zurückgeschlagenem Verdeck, offen also für einen schnellen Zugriff, der alsbald erfolgte, und schon waren wir im Besitz einer Stange *Lucky Strike*, die auf dem Rücksitz lag, angebrochen leider, aber immerhin noch sechs Packungen, drei für jeden, sechzig echte Amifluppen also, eine märchenhaft reiche Entschädigung für den Imbiss, um den uns der Ami gebracht hatte. Solch plötzlicher Reichtum machte uns gierig, eine weitere Inspektion der Karre schien vielversprechend, auch zeitlich möglich, denn nach unseren Berechnungen musste mit dem unmittelbaren Erscheinen des Feinds noch nicht gerechnet werden, die Besatzungsmacht in der Küche des *Roten Ross* konnte allenfalls gerade im Begriff sein, sich die Hose hochzuziehen – Zeit genug also, um weitere Beute zu machen, nur leider: Wir fanden nichts mehr außer einem deutschen Stahlhelm mit Einschussloch an der linken Stirn, für den Ami wohl eine Trophäe, für uns wertlos, sowie ein älteres Exemplar von *Weekend*, der Sonntagsbeilage der Army-Zeitung *The Stars and Stripes*, darin ganzseitig das Foto einer wunderschönen Frau: Sie stand lächelnd in einem nicht ganz geschlossenen Kimono an einen Türpfosten gelehnt, hinter ihr undeutlich ein Schlafzimmer, und sie hieß Rita Hayworth oder so ähnlich. Ich trennte das Blatt heraus, und es hing lange über meinem Bett, bis ich es austauschte gegen ein Foto von Lauren

Bacall. Die liebte ich, weil Bogey sie liebte. Als die beiden heirateten, hängte ich Lauren wieder ab: zu viel Bürgerlichkeit für meinen Geschmack –

Die alte Stadt S., als solche amtlich immerhin bestehend seit der frühen Stauferzeit, flirtete in diesen ersten Wochen der Besatzung ungeniert mit den Boys aus USA; hielt ihnen sozusagen empfängnisbereit ihren grandiosen Marktplatz hin, lockte sie von dort aus ringsum in so enge Gassen, dass die Fahrer der Trucks Mühe hatten, intimen Reibungskontakt mit den Hauswänden zu vermeiden, dies aber »romantic« fanden. Gefallsüchtig drängte die Stadt den GIs Fotomotive vom Mittelalter bis zum Biedermeier auf, gab sich »picturesque« auf Teufelkommraus, schmiss sich ran an die olivgrünen Jungs mit den komischen Kugelhelmen und den fast zierlichen Sturmgewehren. Straßenkinder, die in ihrem ganzen Leben nicht imstande sein würden, ein mundartfreies hochdeutsches Wort auszusprechen, konnten im Nu waschecht amerikanisch klingende Sätze wie »Gotta candy for me, Sir?« oder »Can you spare a gum for

me, Mister?«. Sie umlagerten in Scharen die
auf den größeren Plätzen errichteten olivgrünen Wagenburgen, aus deren Feldküchen der
Duft nach Kaffee und Natrongebäck und aus
deren Lautsprechern die Klänge von Duke El-
lington und Benny Goodman über die Stadt
fluteten. Kurze Aprilschauer störten kaum.
Der Himmel baute uns dunkle Wolkentürme
an den Horizont, zwischen denen immer wieder unerwartet das Sonnenlicht hervorbrach,
und dann ließ der Dom seine Sandsteinquader
in einem warmen Gold schimmern, das er in
solcher Kostbarkeit nur ganz selten zustande
brachte – so ein Tag war das: Die Stadt S. leuchtete, und dies in bedingungsloser, nein, lüster-
ner Kapitulation.

In einem solchen Augenblick des Leuchtens
entdeckte ich sie, genauer: Ich sah nur eine
Lichtquelle, die heller, ja greller aufblitzte als
alles andere: ihr Haar, das unter der schrägen
Sonne brannte. Weißes Feuer – wo?

Die Blendung – anders kann ich es gar
nicht nennen – ging aus von einem Fahrzeug,
das auf dem Marktplatz vor dem Landrats-
amt stand, einem ockerfarbenen Barockbau

mit schön geschwungenem Giebel, dem Sitz
der neuen Militärverwaltung. Dorthin zog es
mich, und unterwegs hatte die Sonne ein Ein-
sehen und schob sich, tiefer sackend, hinter
ein Stück Wolkenmauer, sodass ich jetzt blen-
dungsfrei einen offenen Jeep erkennen konnte
und auf dem Rücksitz eine graue Frau, jawohl, grau, nichts an ihr leuchtete mehr, da
die Sonne sich verbarg: das brennende Haar
erloschen, fahl, das Gesicht tief auf die Brust
gesenkt, vorgebeugt über den militärtuch-
grauen Schoß, in dem ihre Hände liegen, die
schmalen Gelenke aneinandergeschlossen,
»the cuffs on«, wie die Amis sagen, der Stahl
der Handschellen schimmert matt, sonst grau
in grau alles, nur als die Frau kurz das Gesicht
hebt, weil sie spürt, dass jemand dicht neben
ihr am Jeep steht, kommt etwas Farbe ins Bild:
dunkelrot getrocknetes Blut, violette Wülste
um die zugeschwollenen Augen, aufgeplatzte
Augenbrauen, aufgequollener Mund mit zer-
rissenen Lippen, schwarz umrändert von Blut-
krusten – all dies kann ich nur so aus der Nähe
sehen, weil der Wachtposten, ein weißbehelm-
ter Militärpolizist, vorne am Kühler steht mit
dem Rücken zu mir und sich mit einem fet-

ten PFC (Private First Class) unterhält. Sie lachen, Thema ist die Qualität massenhaft erbeuteter deutscher Kondome in einem Wehrmachtsdepot: »You better take care, man, you can't trust the Krauts, not even their rubbers.«

Die graue Frau (vielleicht ist sie nur drei, vier Jahre älter als ich, aber sie ist alt) sagt etwas, genauer: Der zerstörte Mund gibt, scheinbar ohne sich zu bewegen, ein paar Silben frei, etwas wie »has-de-sarette«, und ich fingere in der Tasche meiner Windbluse eine *Lucky Strike* aus der angebrochenen Packung, zünde sie an (geklautes olivgrünes Army-Feuerzeug), und die Frau hebt die Hände wie zum Gebet, und ich stecke ihr die Zigarette zwischen die Finger, und die Frau nimmt die ersten Züge wie eine Ertrinkende, die nach Luft ringt. Immer wieder fällt ihr eine helle Haarwelle übers Gesicht herein, die sie mit einem knappen Kopfrucken nach oben zurückschwenkt. Er gefällt mir, dieser kurze, trotzige Ruck, er ist viel mehr als eine notwendige Kopfbewegung, um die Zigarette an den zerschlagenen Mund zu bringen, es ist ihr Aufbegehren gegen die Welt und was die ihr angetan hat – es gibt ja Augenblicke, von denen man schon, während sie sich ereignen, weiß, dass man sie nie vergessen wird. So ein Ewigkeitsmoment ist das gewesen, ein unauslöschliches Bild der Auflehnung. (Ach ja, der vergeblichen natürlich, und gegen wen? Gott? Nein, machen wir's bescheidener: einfach gegen das, was ist.)

Zehn Jahre später, in einem überfüllten Bus auf der halsbrecherischen Küstenstraße hoch über dem Golf von Salerno, wird ein Entsprechungsbild auftauchen: Hinten, wo die kreischenden Schulkinder sich drängen, hält ein vielleicht vierzehnjähriger Murillo-Knabe (samtschwarze Locken, glutschwarze Augen) einen winzigen Vogel gefangen. Seine gebauschten Hände umschließen das Tier vollkommen, und dann, mit einer plötzlichen Bewegung, öffnet er die Handhöhle, und der Vogel (ein Zaunkönig, hätte ich gesagt, nur farbiger, weil im Süden eben alles farbiger ist) schießt schräg nach oben aus dem Gefängnis, aber nur ein kurzes Stück, weil er mit einem Beinchen an eine Schnur gefesselt ist, deren anderes Ende der Junge ums Handgelenk geschlungen hat. Der Piepmatz strebt zum Bus-

fenster, durch das ein Stück blauer Golf herauf-
leuchtet, aber die Schnur wird straff, und das
Tier flattert mit äußerster Kraft auf der Stelle,
bis der unschuldig-grausame Murillo-Gassen-
junge die Kordel wieder einzieht, herunter auf
seine Knie, und den Zaunkönig mit den Händen überstülpt. Die Schuljugend lacht, es ist
die Attraktion der Stunde, immer wieder: das
kurze Stückchen Freiheit, dann die zehn Sekunden auf der Stelle flügelschlagender Pro-
test, dann die Rückholung in die Gefangen-
schaft. Der tapfere kleine Vogel, der keinen
Laut von sich gibt, kämpft um seine Freiheit
bis zum Ende, das absehbar ist: Irgendwann
wird er zu erschöpft sein, um sich in die Höhe
zu werfen, und dann werden die Jungenhände
seine Grabkammer sein: sterben als die andere
Möglichkeit des Protests gegen das, was ist –
habe ich damals in dem Bus an die graue Frau
gedacht? Ist sie mir eingefallen? Habe ich
etwas von der geheimen Verbindung der Bilder gespürt: der gequälte Piepmatz und das
zerschlagene Mädchen und ihr gemeinsamer
Trotz, der aus der äußersten Preisgegebenheit
kam, das wilde »Nein!« der Kreatur gegen die
Macht? Ich weiß nicht mehr, ob ich das damals

so sah, aber jetzt, spät, ordnen sich die Bilder, und ich beginne zu begreifen, was mich in beiden Fällen gebannt, nein, bezaubert (ich weiß kein anderes Wort), ja, bezaubert hat: die geheime Schönheit der Gequälten, ihr Kampf um Würde, der sie erhöhte über die Schmach des ihnen Zugefügten – unvermeidlich christliche Sicht natürlich, wo gerate ich hin? –

– also immer noch stehe ich und schaue zu, wie die junge Frau Zug um Zug den Rauch der Zigarette trinkt. Immer noch unterhalten sich der Militärpolizist und der PFC über die Qualitätsunterschiede zwischen deutschen und amerikanischen Kondomen: »Probably ours are safer, but the Kraut-ones definitely make you feel a lot more of the chick you're screwing, I mean, according to the guys we nail on fraternization« –

– habe ich schon gesagt, was die Frau anhatte? Einreihige Wehrmachtfeldbluse, die drei obersten Metallknöpfe abgerissen, rostbraune Blutspritzer auf dem groben grauen Tuch, Kragenspiegel, Hoheits- und Rangabzeichen abgetrennt, und dies offenbar in aller Eile, sodass die Nähte noch deutlich erkennbar sind und – Moment mal, da fällt mir was auf: keine Naht auf der feldgrauen rechten Brust! Das bedeutet, dass da nie der reguläre Wehrmachtsadler aufgenäht war, stattdessen muss sich am linken oberen Ärmel der Hoheitsadler der Waffen-SS befunden haben, das beweist die Naht dort eindeutig, und damit ist klar, dass vor mir in dem Jeep eine SS-Frau sitzt, die man geschnappt und schwer misshandelt hat. Wer? Warum? Was hat die verbrochen? Ich stelle mir vor –

– jetzt wird's schwierig: Was habe ich mir an jenem Licht-und-Schatten-Nachmittag im April 1945 wirklich vorgestellt? »SS-Frau« – das sagt sich heute so leicht, und kaum ist das Wort heraus, schon verdunkelt sich einem die Stunde, und die Dämmerung schleicht her, jenes bittere Zwielicht kurz vor Tag, erfüllt vom Geruch der Baracken, brandig, schweißig, Chlor, Latrine, Blut-Eiter-Jod-Mischung, das graue Licht der Frühe voller Hundegebell, gebrüllten Kommandos, dröhnenden Lautsprecherdurchsagen, fernem Artilleriefeuer, und mitten darin nun diese Frau in Uniform, das feldgraue Schiffchen mit dem Totenkopf schräg ins helle Haar gedrückt, das Koppel mit der Dienstpistole (Parabellum 08) umgeschnallt, den scharfen Schäferhund an kurzer Leine, in der anderen Hand den Knüppel, der jederzeit heruntersausen kann auf kahlgeschorene Köpfe von Häftlingsfrauen, die nicht schnell genug – halt, halt! Das ist doch Unsinn! Nachkriegswissen! Woher soll ich damals diese Bilder, Töne, Gerüche denn genommen haben im April '45? Was geht hier alles durcheinander? Was wussten wir grade sechzehnjährigen Schlakse denn damals von Lagern, speziell Frauenlagern wie Ravensbrück mit weiblichem SS-Personal? Hatten wir auch nur eine Ahnung davon, dass in den Arbeitsämtern kriegsdienstverpflichteten jungen Frauen die Möglichkeit geboten worden war, sich freiwillig zum Aufsichtsdienst in KZ-Lagern zu melden und damit der Fließbandarbeit in den Munitionsfabriken zu entgehen? Nichts, nichts von alledem. Was wussten wir überhaupt von Lagern außer dem schlichten Ortsnamen »Dachau«, diesem unscheinbaren Wörtchen, das gelegentlich irgendwie düster scherzend an Mittags- oder Stammtischen gemurmelt wurde, etwa, dass dort gewiss kein Sanatorium sei, oder wenn, dann eines, in dem man auf ewig geheilt werde, und – richtig! – es gab einen der dunklen Sprüche des alten Kugler, der umsichtig mit Schrott handelte, aber sonst nicht ganz richtig im Kopf war: »Wer nach Dachau kommt, der wird fromm: als Mensch geht'r nei, und wenn'r wieder rauskommt, isch'r a Engele ...« Etwas in der Art hatte der alte Kugler einmal geflüstert und dabei (das konnte bloß Kugler) die Augen nach innen gedreht, vielmehr: Die Augäpfel rutschten ihm nach oben weg, sodass man für einen Moment nur das Weiße sah – ich weiß noch, dass wir, Bubu und ich, lachten, weil uns eigentlich graute. Es soll der alte Kugler – das darf bei dieser Gelegenheit erwähnt werden – auch vorhergesagt haben, dass demnächst (es war im März 1945) ein riesiges feuerrotes Pferd erscheinen werde, so hoch wie der Turm von Sankt Martin, und sein Reiter trage ein Schwert, das bis zum Vorort Kaltenbach reiche, und der Reiter, ganz in schwarzes Eisen gekleidet, werde den Frieden von der Stadt nehmen, und dann würden die Leute von S., ob arm oder reich, fromm oder sündig, übereinander herfallen und sich gegenseitig erwürgen. Jahrzehnte später habe ich anlässlich einer Studie über Martin Luthers Sprache entdeckt, dass diese Weissagung Kuglers aus der Offenbarung des Johannes stammte (bis auf das Lokalkolorit mit Kaltenbach und Sankt Martin, versteht sich), aber dies nebenbei – überhaupt eine disziplinlose Abschweifung, diese Kugler-Geschichte, aber man wird sehen, dass sie noch … egal jetzt, erst mal geht es immer noch um die Frage, was sich der Junge, der ich war, damals unter einer »SS-Frau« vorgestellt hat. Viele Möglichkeiten gab es nicht: Könnte Stabshelferin gewesen sein oder Sanitäterin, vielleicht Melderin oder Meldefahrerin, vielleicht auch nur einfache Tippse in irgendeinem Befehlsstand von Himmler abwärts bis zum letzten Bataillonskommandeur, aber, aber nein, die sah trotz ihres gegenwärtig jammerwürdigen Zustands nach mehr aus, nach mehr – was weiß ich? – Autorität, Macht, Befehlsgewalt, könnte sein, dass sie als Führungsperson dabei war, als man im »Warthegau« die polnischen Bauern wegsiedelte und dafür Volksdeutsche hinein (eine BDM-Führerin aus S. soll dort gewesen sein und stolz berichtet haben, es sei da nicht zimperlich zugegangen) – alles möglich und umso wahrscheinlicher, je höher hinauf meine Fantasie diese Frau stellte: Irgendeine Führerin muss das gewesen sein, eine Befehlshaberin – hätte man sie sonst so tief gedemütigt? Ich nehme an, mein früh entwickelter Sinn für Theatralik war es, der eine Rolle für die Misshandelte gesucht hat, und da war eben eine gestürzte Herrscherin ungleich interessanter als eine zertretene Maus. Auf alles Mögliche kam ich, nur nicht auf die Rolle der KZ-Aufseherin – wie schon erwähnt, ahnte ich von solchen Gestalten der Finsternis noch nichts, aber eines weiß ich genau: Da war ein schwaches, unbestimmtes Gefühl von Kälte – wo? In mir? Oder kam es von ihr? Hatte sie ihn um sich wie eine Schutzzone, diesen kalten Hauch? Jedenfalls: mir wehte plötzlich etwas her an diesem warmen Aprilnachmittag – soll ich es Grabeskühle nennen? (Hol's der Teufel, wenn das auch wieder so eine nachträgliche Farbe ist, die das Gedächtnis ins tatsächlich Geschehene hineinfließen lässt wie in ein noch feuchtes Aquarell!) –

—

– vom Martinsturm schlägt es an diesem 30. April halb fünf. Um diese Zeit wurde in Berlin – wie erst später zu erfahren war – das tote Ehepaar Adolf und Eva Hitler aus dem Tiefbunker emporgetragen in den von Granaten umgepflügten Garten der Reichskanzlei, und dort standen genügend Benzinkanister bereit. Es soll aber doch mehrerer Versuche bedurft haben, bis das hohe Paar richtig brennen wollte –

Die beiden Amis immer noch im Expertengespräch über Sexualprobleme der US-Besatzungsarmee im so empfängnisfreudigen Feindesland. Der PFC: »I guess, sooner or later they'll quit the whole nonfraternization-shit.« Und der Weißhelm lachte: »No objections from my side, buddy!« Und im Lachen sieht er aus dem Landratsgebäude einen Lieutenant kommen und dreht sich erstmals, seit ich in der Nähe bin, zu seinem Jeep um –

»Hey you! Get off that fuckin' car!« Er fingert nach dem rotlackierten Schlagstock, der an seiner Seite baumelt. Mit seinem glänzend roten Gesicht kommt Farbe ins Bild, das bisher beherrscht war vom fahlen Haar, der aschgrauen Haut der SS-Frau. Im Abdrehen sehe ich noch, wie der Bulle ihr die Kippe vom Mund reißt und wegwirft. Der Lieutenant ist heran und steigt auf den Beifahrersitz, schon sitzt der Weißhelm hinterm Steuer, und die Sonne hat die Wolkenwand unterwandert und wirft jetzt sehr schräges Licht auf den Platz herein, und das Haar der Frau leuchtet wieder auf, und ich könnte schwören, sie hat mir im Wegfahren zugenickt, und ich habe dem Leuchten nachgeschaut, bis es im Schatten der Stadtmauer erloschen ist. Das war meine erste Begegnung mit Helma.

Helmas Augen, »Helma« – ich nenne sie jetzt schon so, obwohl ich ihren Namen erst später erfuhr –, Helmas Augen, die der Junge hinter den Schwellungen nicht gesehen hat. Aber noch lange, bis in den Sommer hinein, stellte er sich vor, er hätte sie gesehen und müsse sich nur genau genug erinnern. Nachts im Bubenzimmer, wo immer noch das Papiermodell einer angreifenden Ju 87 (»Stuka«) staubbeschichtet hing und im Widerschein vorbeigleitender Autolampen einen vielfach gezackten Schatten an die Zimmerdecke warf,

---

lag ich vor dem Einschlafen lange wach und malte mir Augenpaare ins Dunkel: kalte, brennende, wasserblau schwimmende, steingrauharte, goldbraun schimmernde, metallfarben blitzende, blassgrün-melancholische, was weiß ich alles noch – jedenfalls: keines wollte passen, und so gab ich es auf, konnte auch wieder einschlafen, ohne zuvor die Galerie aller möglichen (oder eher nicht möglichen) Helma-Augen besucht zu haben. Und dann, mehr als vier Monate später, an einem verregneten Novembertag, sah ich sie, die Augen der SS-Frau, ich sah sie im Gesicht eines hoch aufgeschossenen Jünglings (das altmodische Wort ist mit Bedacht gewählt), der vor uns im Klassenzimmer stand, hereingeführt vom leicht stotternden Studienrat Ströh-Ströhle und vorgestellt als neuer Mitschüler Elmar von Grottenau, Flüchtling aus dem Osten, uns anempfohlen zur freundlichen Aufnahme in die Klassengemeinschaft: Er stand da, hinter sich die Wandtafel mit algebraischen Gleichungen, und schaute in die Klasse oder auch knapp über sie hinweg, schaute aus Augen, die keine nennbare Farbe hatten, es sei denn, man würde bleigraustahlblauflussgrün als ordentliche Bezeichnung durchgehen lassen, schaute mit einem Blick, der so durchdringend war, dass die Frage der Augenfarbe völlig dahinter zurücktrat, und ich wusste plötzlich: So und nicht anders hätte einen die gefangene SS-Frau Helma angeschaut, wären ihr die Augen nicht zugeprügelt worden – ein waghalsiger Gedanke, vorsichtshalber als Frage formuliert: Hatte ich in diesem Augenblick eine Erleuchtung? Spürte ich von Anfang an eine geheime Verbindung zwischen diesen beiden Figuren, die nach menschlichem Ermessen nicht das Geringste miteinander zu tun hatten? Wir alle waren ja Sturzgeburten des Chaos, aber Elmar und Helma kamen aus einem tieferen Dunkel –

Elmars Blick traf jeden von uns und meinte keinen, obwohl jeder sich getroffen fühlte. Elmars Blick blitzte und war doch zugleich vollkommen gleichgültig, abschätzend, aber nicht abschätzig, fast möchte ich sagen, er schaute uns an wie ein Viehzüchter eine Rinderherde, nein, wie ein Frontoffizier seine abgekämpfte Truppe: Mit wie vielen tauglichen Leuten kann er noch rechnen? Es gibt ja Menschen, die schauen dich an, und du fühlst dich bei einer Lüge ertappt, bei Feigheit oder miesen Gedanken, obwohl du reinen Gewissens bist – so einer war Elmar. Er selbst war sich der Gabe dieses schuldig sprechenden Blicks nicht bewusst, da bin ich sicher, denn jede Absichtlichkeit wäre bemerkbar gewesen und hätte damit die bezwingende Wirkung aufgehoben –

– so schaute der. So stand der vor uns, denen das Feixen verging: vielleicht einen halben Kopf kleiner als unser Klassenlängster Heini Ruppel. Eine mittelblonde, durch Wasser oder Brillantine nicht zu zähmende, kaum gescheitelte Mähne wogte auf seinem Kopf, obwohl er sich nicht bewegte, die Haartracht der Anti-HJler von damals, ganz aus der Mode inzwischen (wir Hiesigen waren alle längst zum Crewcut der Amis übergegangen), und dann: dunkle, im Kontrast zum hellen Haupthaar fast schwarz wirkende Brauen über den eng beieinanderstehenden Augen, die schmale Nase etwas schief, als hätte ein Faustschlag sie irgendwann leicht aus der Richtung gedrückt, hart modellierte Backenknochen, aber ein Mund, der, wie man so sagt, weich gedacht war, jedoch unablässig zu schmallippi-

ger Härte gezwungen wurde – Elmar, Zwing-
herr seines Munds, Bezwinger aller, die sein
Blick traf. Elmar erinnerte, wenn ich es boshaft
sagen darf, an ein Naziplakat, das in den letzten Kriegsjahren allerorten zu sehen war: ein
Soldat, eine kerndeutsche Hausfrau und ein
Arbeiter, alle drei hart-germanisch-kühn gen
Osten blickend, einem Feind entgegen, zu dessen grausamer Vernichtung sie wild entschlos-
sen waren, die Gesichter beleuchtet von einem
Morgenrot, das den Tag des Endsiegs ankün-
digte – stellte man sich Elmars Gesicht unter
einem Stahlhelm vor, so hatte man das Ideal-
bild des Endkämpfers vor sich, wie der Pro-
pagandaminister Goebbels ihn beschworen
hatte, als er in einer seiner letzten Reden uns
frisch Einberufenen zurief: »Ihr werdet in die
Entscheidungsschlacht ziehen wie in einen
Gottesdienst!«

Man wird zusammenfassend sagen dürfen,
dass in Elmar von Grottenau eine Heldenfigur
vor uns stand, nur leider (gottlob!) im Kostüm
der Niederlage: abzeichenloser schwarz ge-
färbter Waffenrock der Wehrmacht (die Amis
erlaubten allen, die nicht über Zivilkleidung

verfügten, das Tragen der alten Uniform, aber sie durfte nicht mehr feldgrau sein), vielfach geflickte graublaue Trainingshosen, Kommissstiefel, deren Sohlen sich in absehbarer Zeit vom Oberleder verabschieden würden – so stand der da und machte doch tatsächlich, als Studienrat Ströh-Ströhle ihn vorgestellt hatte, eine knapp angedeutete Kasinoverbeugung zu uns hin – es fehlte gerade noch, dass er gesagt hätte: »Angenehm!«, sodass unser Lulatsch Heini Ruppel in ein Gekicher ausbrach und rief: »Kinner, jetz' wer'mer vornehm, jetz' hammer einen ›von‹ bei uns!« – Und direkt zu Elmar: »Was biste? Baron? Graf? Scheiß drauf, für mich biste Graf Rotz!«

Ströh-Ströhle fühlte sich bemüßigt, ihn zurechtzuweisen: »Ruppel, ich mu-muss doch bitten« – weiter kam er nicht, weil Elmar eine abwinkende Handbewegung machte und langsam den Mittelgang nach hinten ging, wo Ruppel sich in der letzten Bank lümmelte. Schon das war ungewöhnlich: ein Neuer, der einem Lehrer das Wort abschnitt, ihn stehen ließ und so einfach im Klassenzimmer umherstiefelte. Was aber dann folgte, war unerhört: Elmar blieb seitlich vor Ruppels Bank stehen und winkte diesen mit locker gekrümmtem Zeigefinger zu sich her, worauf sich Ruppel tatsächlich aus seiner fast liegenden Haltung hochquälte und heraustrat auf den Gang, dicht vor Elmar hin: »Noch Wünsche, Herr Graf?«, sagte er höhnisch –

Es ging so schnell, ich wette, keiner von uns hat Elmar auch nur ausholen sehen, es knallte nur plötzlich unwirklich laut in der schläfrigen Stille der ersten, noch dämmrigen Unterrichtsstunde, es knallte flach und trocken, und Ruppel taumelte nach hinten gegen die Wand, genau unter den gerahmten Druck von Dürers *Betenden Händen*, ich nehme an, Ruppel wäre glatt umgefallen, wenn die Wand nicht gewesen wäre, und sicher bin ich, dass Ruppel da überhaupt noch nicht begriffen hatte, was geschehen war. Wir auch nicht und am wenigsten Ströh-Ströhle. Unterdessen war Elmar schon wieder auf dem Weg nach vorne und sagte über die Schulter zurück zu Ruppel: »Wenn de dich revanchieren willst, ich warte nach der letzten Stunde im Hof.«

Ruppel wollte sich aber nicht revanchieren, obwohl zwei, drei Mann aus der Klasse bereit waren, mitzukommen, um den Neuen Mores zu lehren. Ruppel, Besitzer eines Schlagrings, den er stets mit sich führte, winkte jedoch ab. Er war, wie man so sagt, gebrochen. Wenn es ein Faustschlag gewesen wäre oder ein Tritt in die Weichteile, was auch immer – Ruppel hätte das weggesteckt und sich zum Kampf gestellt. Aber eine Backpfeife von flacher Hand, wenn auch mit unfasslicher Wucht geschlagen, eine Bestrafung eher als ein Angriff, eine solche Erniedrigung vor versammelter Klasse in Anwesenheit eines Lehrers, eine öffentliche Züchtigung also – Heini Ruppel hatte dem nichts entgegenzusetzen. Was den Studienrat Ströh-Ströhle betrifft, so eilte der, sich mühsam fassend, aufs Rektorat und meldete dem Schulleiter den unglaublichen Vorfall, was dem Neuen vier Stunden Karzer und eine scharfe Verwarnung eintrug.

Dies dürfte geschehen sein am 20. November 1945, dem Tag, an dem in Nürnberg vor dem internationalen Gerichtshof der Prozess gegen die Herren Göring, Hess, von Ribbentrop und die anderen Idioten begann, ein historisches Datum also. Die Welt blickte nach Nürnberg. Ich hingegen gebe jenem Tag im Rückblick meine eigene historische Bedeutung: Es war der Tag, an dem Elmar von Grottenau nichts ahnend begann, sich sein Grab zu schaufeln.

IV

Grotte musste seine Karzerstrafe naturge-
mäß an einem unterrichtsfreien Tag absit-
zen, und solche Tage gab es wegen Heizma-
terialmangel und noch größerem Mangel an
nazistisch unbelasteten Lehrern mindestens
einmal in der Woche. Es muss ein Mittwoch
gewesen sein, ich weiß das, weil ich Grotte am
Tag zuvor in der Stadt getroffen habe. Ich kam
aus der Klavierstunde, die immer dienstags
war, und Grotte stand in der Mörikestraße vor
dem düsteren Sandsteinkasten unseres Pen-
nals und spähte mit durchgedrücktem Kreuz
und in den Nacken gerecktem Kopf an der
Westfront des alten Baus hinauf, stand da,
irgendwie alpinistisch, dachte ich: ein Berg-
steiger, der seine Route ein letztes Mal von
unten betrachtet, bevor er einsteigt, stand da
im schwindenden Tageslicht, sah mich dann

und winkte mich zu sich her, ich kam ihm wohl gerade recht. Warum zum Teufel gehorchte ich? Warum blieb ich nicht stehen und winkte ihn zu mir her? Schließlich war er es, der etwas von mir wollte.

Egal jetzt, Grotte warf den Arm, über die Schulfront weisend, in die Höhe und sagte: »Wo genau ist der Karzer?«

Ich zeigte ihm das enge Fenster im obersten Stockwerk, und er: »Und das Fenster links daneben?«

»Das Klo, ja, ich glaube, da ist ein Klo.«

»Optimal«, sagte Grotte, »das wird ja wohl nicht abgeschlossen sein, oder?«

»Nee, wieso?«

»Dann kann man also vom Karzer zum Fenster raus, dann vier Seitschritte auf dem Simsvorsprung und zum Klofenster wieder rein.«

»Das wird aber zu sein, jetzt im Winter.«

»Nee, das wird offen sein, denn dafür sorgst du.«

»Ich? Wieso ich?«

Am Gelächter in Grottes Augen (ja, er konnte mit den Augen lachen, ohne den Mund zu verziehen, so war der) konnte ich ablesen, wie blöde ich ihn angeglotzt haben musste, wie schafsdoof. War vielleicht meine ganze an diesem Tag beginnende Freundschaft mit Grotte von meiner Seite aus nichts anderes als der fortwährende Versuch, die dumm staunende Visage jenes Augenblicks auszulöschen oder gewissermaßen zurückzuholen hinter einen vorteilhafteren Gesichtsausdruck?

Grotte: »Ich muss mich um acht beim Pedell melden und einschließen lassen. Dann mach ich erst mal 'n Nickerchen. Und dann, sagen wir Punkt neun, mit dem Glockenschlag der Kirchenuhr, steig ich raus und komm ans Klofenster, und du lässt mich rein, wenn zu sein sollte.«

Ich: »Und dann?«

Er: »Werden wir sehen. Wir ham das ganze leere Schulhaus für uns, vier Stunden lang, irgendwas zu klauen finden wir da immer.«

Ich: »Und wenn die vier Stunden rum sind?«

Er: »Steig ich wieder rüber in' Karzer und lass mich vom Pedell entlassen.«

Ich: »Und wozu das Ganze? Warum sitzt du nicht einfach deine vier Stunden ab? Du kannst pennen, lesen, sogar rauchen, der Pedell lässt dir die Zigaretten, wenn du ihm ein, zwei abgibst.«

Oliver Storz

Da hat er wieder den harten, schmallippigen Mund des Naziplakats und schaut an mir vorbei, irgendwohin, und fällt unvermittelt in seinen Brandenburger Heimatdialekt, eine Art Berlinisch, nur rauer, schwerfälliger: »Det verstehste nich, Kleener, det is ebent so 'n Spleen von mir, weeßte. Mir sperrt keener mehr ein, in mein janzet Leben nich mehr.«

Es war nun fast dunkel, und ich fror – nicht weil es kälter geworden wäre, es hatte mit Grotte zu tun. Vom Bahndamm auf der gegenüberliegenden Talseite wehte der Pfiff einer Güterzuglok herüber, man hörte das Schlagen der zahllosen Achsen auf den Schwellen, und es klang nach Ferne, Einsamkeit und Gefahr. Noch heute, wenn ich wach liege und Züge fahren höre irgendwo in der Nacht, fällt mir unweigerlich Grotte ein, und ich friere ein bisschen, auch wenn's warm ist im Bett.

Und ich Idiot stell mir den Wecker auf halb acht am nächsten Morgen und stehe, obwohl schulfrei ist, auf, mach Katzenwäsche und frühstücke kaum, dann der sich von selbst beschleunigende Trab durch den Nieselregen zum Pennal, und dann, auf halbem Weg, geriet ich Blödmann tatsächlich in Panik, obwohl noch bequem Zeit war, um pünktlich auf Posten zu sein: Was, wenn Grotte aus irgendeinem Grund früher als verabredet aus dem Karzer stieg? Wenn er auf dem regenglatten Sims die Seitschritte bis zum Klofenster machte und es verschlossen fand, weil ich noch nicht da war? Wie lange würde er sich halten können mit halbem Fuß auf dem Stein, mit den Fersen im Leeren über dem dreißig Meter tieferen Pflaster der Mörikestraße? Ich sah ihn rückwärts wegkippen, fallen, aufschlagen, sah seinen Schädel platzen, in den Augen immer noch das grenzenlose Staunen darüber, dass das Fenster nicht aufging, weil ich – ich – ich nicht auf Posten gewesen war – nie zuvor und nie mehr danach bin ich mit einem solchen Tempo zur Schule gerast (grotesk: an einem schulfreien Tag!), nur, um natürlich viel zu früh da zu sein.

In dem engen, weiß gekalkten Raum hockte ich, nur langsam zu Atem kommend, auf dem Klodeckel und wartete auf das Neun-Uhr-Schlagen von Sankt Martin. Mit dem ersten Schlag war ich am Fenster, machte beide Flügel auf und beugte mich hinaus. Grotte kam mit dem siebten Schlag herüber, machte die vier Seitschritte nicht langsam, wie ich mir vorgestellt hatte, sondern eher zügig, den Körper von der Hauswand weggedrückt, mit den Händen oben in den Fugen der Sandsteinquader, er ergriff meine Hand nicht, die ich ihm entgegenstreckte, zischte nur: »Zieh die Flosse ein!«, schwang die Beine herein, hockte kurz auf der Brüstung, stieß sich ab, stand ohne Atemnot vor mir und sagte: »Okay. Rauchen wir erst mal eine.«

Er fingerte ein halb leeres *Chesterfield*-Päckchen aus der Brusttasche der schwarz gefärbten Uniform, bot mir eine Fluppe an, und ich nahm sie widerstrebend. Mir gefiel nicht die Selbstverständlichkeit, mit der er über Amizigaretten verfügte, nicht einmal das hatten wir ihm also voraus – ich meine: taucht aus dem Osten auf mit nichts als den Klamotten am Leib, wohnt für Gotteslohn im katholischen Pfarrheim, tut aber, als hätte er das Sagen hier, und hat auch schon Schwarzmarktbeziehungen, womöglich sogar direkten Draht zur Garnison, ich meine: Wo waren wir eigentlich? Wofür hatten wir einen Sommer lang gedolmetscht, Wagen gewaschen, denen aus dem verminten Schergerwald die weggeworfenen Parteiabzeichen der Bonzen als Souvenirs gesammelt (immerhin ist einer von uns mit 'ner Tellermine hochgegangen dabei), wenn da einer mit einem Von-Titel aus dem Nichts kommen und plötzlich den Boss spielen konnte?

Nach drei Zügen wurde mir schwindlig, und ich musste mich wieder auf den Klodeckel setzen. Was war los mit mir? Ich war »Aktive« – so nannten wir die Amifluppen im Gegensatz zu den schrecklichen deutschen Strohzigaretten, die es auf »Raucherpunkte« im Laden gab – ich war Aktive gewöhnt. Ich war gesund und nicht nur das: Ich befand mich auf der Höhe der Zeit, die Gegenwart hieß und frei war vom Brandgeruch der Vergangenheit, in der ein Krieg stattgefunden hatte, der mich nichts anging, zu dessen Verlierern sich unser Jahrgang nicht zählen musste. Wir hatten nicht verloren, und zu verlieren hatten wir auch nichts. Wir waren nur so da, frei, zu nichts berufen, nutzlos, jedoch durchaus tauglich für die Erfordernisse der Stunde: listig beim Klauen, das »organisieren« hieß, durchtrieben am Schwarzmarkt, schnell im Zuschlagen, noch schneller beim Davonlaufen, wir konnten Boogie-Woogie tanzen wie die Harlemniggers, die sechzehnjährigen (also gleichaltrigen) Mädels verschmähten wir, es mussten schon »Frauen« sein, also von neunzehn aufwärts, für die es sich lohnte, »on the go« zu kommen, denn wir waren – um es mit einem Ausdruck unserer damaligen Sprache zusammenzufassen –, wir waren »hip«. Wir herrschten in der heißen Zeit über das Freibad, was bedeutete, dass nichthippe Jugendliche ohne unsere Duldung (die in Zigarettenwährung erkauft werden musste) keine halbe Bahn unbelästigt schwimmen konnten, und wir kontrollierten vom Herbst an die drei Tischtennisplatten im German-Youth-Activities-Centre, sodass »Dummies« ohne unsere Erlaubnis nicht zum Zuge kamen, und ob einer »hip« oder »dumb« war, bestimmten wir, ohne dass wir jemals hätten sagen können, was genau der Unterschied zwischen »hip« und »dumb« war – man hatte das im Gefühl, man sah es am Gang, wie einer dahergeschlendert kam, man sah es an der Fingerfertigkeit, wie einer aus Kippentabak sich eine Fluppe drehte, am Blick, wie er begutachtend einem Mädel nachsah, man hörte es am Tonfall, wie einer sagte: »Hi, Fellows, was liegt an?«, man spürte es im kurzen Kopfnicken, mit dem einer auf der *Sing-sing-sing*-Platte der Benny-Goodman-Band die Stelle erkannte, wo Jess Stacy sich am Klavier in ein traumverlorenes Solo verirrt und erst durch den energischen Break von Gene Krupas Schlagzeug wieder zurückgezwungen wird ins Tutti – ach was, viel einfacher: Hipsters betonten beim Mitklatschen einer Swingplatte die Zwei und die Vier, während Dummies im Allerweltstakt der Eins-drei-Betonung ihre ahnungslosen Händchen patschen ließen – kurzum: wir waren hip, und uns konnte keiner –

Ich hockte immer noch auf dem Klodeckel und versuchte, mir aus ihm, der knapp vor mir stand und anscheinend besorgt zu mir heruntersah, einen Scheißkerl zurechtzubasteln, den ich hassen konnte – es gelang, ich hasste ihn zunehmend mehr in dem Maße, in dem ich mir sein Bild vervollständigte: Herrensöhnchen, mit vierzehn eigenes Reitpferd, Adolf-Hitler-Schule, SS-Freiwilliger, endsieggläubig, endkampfbesoffen, ein blutgieriger

Träumer mit Nibelungenfantasien –, ich bot schwerste Kaliber auf, um mir den Kerl madig zu machen, sah ihn sogar als Anführer eines Jagdkommanos, das Jungs wie Bubu und mich damals an den nächsten Baum gehängt hätte, wären wir erwischt worden –

– und wusste doch gleichzeitig, dass das alles nichts half, nicht wettmachen konnte den Augenblick dort am Fenster, als Grotte an der Hauswand herüberkam: Ich hatte um ihn gezittert. Ich hatte Todesangst um ihn gehabt – ich mochte den, verdammt, und das Schwindelgefühl kam nur von der fürchterlichen und vergeblichen Anstrengung, es nicht wahrhaben zu wollen –

»Erhol dich man«, sagte Grotte, »ich peile mal die Lage hier oben.«

»Wenn de Scherbelware suchst für'n Schwarzmarkt, da is' nix, bloß Akten und Papierkram aus'm Rektorat, alte Schwarten aus der Schülerbücherei und Landkarten: *Das Großdeutsche Reich von 1939, Deutsche Kolonien* und so Scheiß – ich war dabei, als wir das Zeug hier raufgeschafft ham in der Nacht,

bevor hier die Polen aus dem Lager rein-
kamen.«

»Ich schau lieber selber noch mal nach. Hab
ja Zeit, und du kannst heimgehen, wenn de
willst.« Damit trat er hinaus in den großen,
dämmrigen Raum unter der Dachschräge.

Ich blieb schwer atmend vor Wut zurück
auf dem Klodeckel. Unglaublich: Er hatte mir
freigegeben. »Kannst heimgehen« – in Gnaden
entlassen. Was glaubte der eigentlich, wer er
sei? Mein Boss? Mein Vorgesetzter? Die Selbstverständlichkeit, mit der er über mich verfügt
hatte, erbitterte mich – aber da steht er schon
wieder vor mir, lacht mit den Augen wie schon
einmal und sagt: »Hat sich gelohnt«, und erst
jetzt sehe ich das Buch in seiner Hand: flacher
Band, Quartformat, roter Umschlag mit Ha-
kenkreuzen, vorne drauf Adolf mit Autofah-
rerhaube in seinem Pracht-Mercedes, und die
Schwarte heißt *Mit dem Führer unterwegs* und
enthält, wie ich sehe, als Grotte sie mir zum
Durchblättern gibt, lauter Fotos, schwarz-
weiß natürlich: der Führer im Flugzeug, der
Führer im Sonderzug, der Führer auf einem
Rheindampfer – und immer das schwarze
Bürstchen akkurat unter der Nase, immer be-

deutungsschwanger der Blick, weibisch weich die Hand, mit der die dunkle Haarwelle aus der Stirn gestrichen wird, der Führer vor Warschau, das kapituliert hat und dennoch bombardiert wird, der Führer unterm Eiffelturm, derführer, derführer, derführer – ich schlug das Buch zu und gab es Grotte zurück.

»Na ja, und?«

»Kapierste nich? Det is Kapital, Mann! Dafür kriegste vom Ami glatt 'ne Stange Zigaretten! Und da, wo ich das gefunden hab, liegen noch zehn andere. Komm mit!« –

– und damit geht er hinaus in den dämmrigen, staubigen Speicherraum, selbstverständlich voraussetzend, dass ich hinter im her dackle (was ich auch tue, ich Idiot!), und sagt über die Schulter zurück: »Leise Schritte! Da unten kraucht der Pedell rum«, und führt mich zwischen den mit Tüchern zugehängten Bücherstapeln in eine Ecke knapp unter der Dachschräge, wo wir damals den wertvollen alten, mit Intarsien verzierten Schreibtisch aus dem Rektorat abgestellt hatten. Und Grotte schlägt die schützende Wolldecke zurück, zieht ein Schubfach und noch eines und weist mit der

Geste eines Zirkusdirektors, der Beifall für das Kunststück eines Artisten fordert, auf die zehn Exemplare *Mit dem Führer unterwegs*, die dort in zwei flachen Stapeln zu je fünfen liegen, sozusagen ladenneu, wenn auch mit einer dünnen Staubschicht überzogen –

»Da staunt der Laie, und der Fachmann wundert sich: Euer Chef muss 'n komischer Vogel sein. Andere Leute hamstern Schweineschmalz und Kleiderstoffe, der hat Hitler-Bücher gehamstert. Wozu?«

»Für Preise!«, sage ich und bin froh, auch mal etwas zu wissen, »Buchpreise für die Streber, immer am Schuljahresschluss. Muss 'ne ganze Weile her sein, die hat er irgendwo günstig bekommen und gleich 'n Vorrat angelegt, der Idiot!«

»Wunderbar, jetzt is' der Kram 'n kleines Vermögen wert. Mal ausrechnen: Elf Exemplare, pro Stück 'ne Stange, macht elf Stangen à zehn Packs, macht hundertzehn Packs à zwanzig, macht zweitausendzweihundert Aktive. Mann, wir sind reich, Junge, det sin' mindstens zweiundzwanzigtausend Reichsmark!«

»Du glaubst im Ernst, dass du beim Ami 'ne Stange kriegst für so 'n Buch?«

»Wieso nich?«

»Die Boys sind geiziger geworden, es is' nimmer so wie in der ersten Zeit.«

»Gibt immer noch genug, die geil sind auf Hitler-Kram, vor allem auf so 'nem Niveau, det sin' ja keene simplen Souvenirs wie Partei-abzeichen und SS-Kragenspiegel, det is' Kultur, Mann. Mit so wat musste an die Offiziere ran, da rollt der Rubel, lass mir mal machen.«

Grotte sollte recht behalten – wie immer!, füge ich nicht ohne Bitterkeit hinzu, es ging eben damals alles nach seinem Kopf (bis auf den Schluss, als er den Kopf verlor – um im Bild zu bleiben). Es verlief alles nach Plan: Ich trug insgesamt elf Exemplare *Mit dem Führer unterwegs*, ungesehen vom Pedell Kochert, den man irgendwo hämmern hörte, hinunter in unser Klassenzimmer und verstaute sie im Ablage-fach unter meiner Bank. Von dort übernahm Grotte sie am nächsten Tag nach Unterrichts-schluss in seinen Rucksack (eine ordnungs-gemäße Schultasche besaß er nicht) und ver-kaufte sie im Handumdrehen an die Amis,

Dienstgrade vom Staff Sergeant bis zum First Lieutenant. Welchen Preis er erzielte, verriet er mir nicht, was nur den Grund haben konnte, dass er nicht halbe-halbe mit mir machen wollte, was ich für fair gehalten hätte. Stattdessen bezahlte er mich als Handlanger mit zehn Packungen *Lucky Strike*, die er in einer abgelegenen Ecke des Schulhofs aus seinem Rucksack holte und einzeln in meine Schultasche fallen ließ.

»Ist das alles?«, fragte ich. Ich sehe uns noch an diesem krachkalten, aber sonnigen Vormittag im Schatten der Sandsteinmauer stehen. Wir schwänzten Biologie, und irgendwas war neu an Grotte, und erst jetzt nahm ich wahr, dass er nicht mehr den schäbigen alten Militärmantel anhatte, sondern ein schwarzmarktfrisches Zivilstück, sandfarben, glaube ich, »Kamelhaar« sagt man wohl, etwas zu kurz, etwas zu weit, und er wirkte wie verkleidet darin, getarnt als Zivilist, »spießig«, möchte ich sagen, wenn damit eine beabsichtigte Eleganz, die nichts Selbstverständliches hat, richtig bezeichnet ist. Der abgerissene Krieger Grotte hatte mir besser gefallen als der missglückte Zivilist, der mich nun erstaunt anschaute,

Oliver Storz

als hätte er nicht richtig gehört: »Willste mehr?«

Und ich: »Kommt druff an. Wie viel hast 'n insgesamt gekriegt? Wirklich 'ne Stange pro Exemplar?«

Es kann sein, dass die Sonne in diesem Augenblick hinter die weißen Wolkenkühe glitt, die im Südosten weideten, jedenfalls sehe ich rückblickend eine trübere Beleuchtung, als Grotte nun seinen Gefrierblick bekam und sagte: »Unwichtig. Sag, wie viele Packs du willst, und die kriegste.«

»Scheiße, Mann, ich will nix zugeteilt be-komm', wir ham das zusamm' gemacht, und ich will fifty-fifty« –

– ich glaube, es gab ein kurzes Schweigen, oder sagte ich noch was, während Grotte eine Schulter (die rechte wohl) nach vorn brachte und mit dem Arm etwas machte, jawohl, er hat mir den Arm um die Schulter gelegt, nur kurz, zwei Sekunden, jawohl, der hat mich kurz, eine Sekunde lang, an sich gezogen und gedrückt, leicht, flüchtig alles, wie unbeab-sichtigt, zufällig, die erste, wohl auch einzige Körperberührung mit ihm, während über dem südöstlichen Fluss die Sonne wieder mit stechendem Licht aus der Wolkenherde brach –

»Sei nicht blöde, Mann«, sagte Grotte, »lass deine Fifty bei mir stehen als Kapital, ich nehm dich mit rein bei mir.«

»Wo rein?«

»Ins Geschäft, Blödmann. Ich stell mir vor, wir machen vor allem in Corned Beef.«

Und da ich nicht belehrt sein, sondern auch etwas beitragen wollte, sagte ich: »Am besten geht Schweinernes, wir könnten beim Bauern ganze Schweinshälften kaufen …«

»… und wo lagern, Mann? Kannste bei dir inne Wohnung tote Schweine lagern? Bei mir im Pfarrheim is' keen Platz für so wat, ganz abgesehen von der Kühlung, aber Büchsen, verstehste, mit Büchsen – das ginge. Büchsen kannste überall stauen.«

Schon wieder war er mir über. Ich dachte, es fiele mir jetzt nicht mehr so schwer, ihn zu hassen. Und gleichzeitig dachte ich darüber nach, ob er ein System hatte, nach dem er die Sprache benutzte und von seinem schludrig-normalen Hochdeutsch ins Berlinisch-Märkische fiel und wieder zurück. Ich vermute, dass ich tief beeindruckt war, es aber nicht sein wollte, und dass ich genau aus diesem Grund irgendwann imstande war, ihn rau zu unterbrechen: »Leck mich am Arsch mit deiner Logik des Markts. Wir sin' hier bisher auch ohne dich klargekomm'« –

– und da sagt der doch glatt: »Quatsch nich kariert, Steff« – tatsächlich, nennt mich so, wie nur meine Kumpels mich nennen! –, »was ihr hier so macht, is' doch Kinderkram. Ich rede vom Geschäft!«

2011

Elmar wurde von den Amerikanern umgebracht, weil er plante, eine Bombe in das Gefängnis von Schwäbisch Hall zu werfen, um dort einsitzende Angehörige der SS zu befreien. Es ging das Gerücht, dass diese SS-Leute gefoltert wurden (»probehängen«), um Aussagen zum Malmedy-Massaker zu erzwingen. Im Dezember 1944 waren bei Malmedy (Belgien) 77 gefangene US-Soldaten von der SS erschossen worden. Die 1946 beim Da-

chauer Malmedy-Prozess verhängten Todesstrafen wurden nicht vollzogen. Hauptsächlich bürgerrechtlich motivierte US-Bürger bestanden darauf, dass die Vorwürfe von Rechtsverstößen einwandfrei geklärt werden müssten, auch wenn die Schuld der SS-Mitglieder außer Frage stand.

Ein Ausflug im Sommer

Gegen neun morgens, so würde ich das erzählen heute, wenn's jemand im Ernst von mir wissen wollte, gegen neun morgens an jenem Tag schon lag etwas in der Luft, Schwüle [...], weißes, stechendes Licht und ein Drücken, eine Spannung oder auch nur, dass das Pappel- und Weidenlaub gänzlich schwarz und reglos in der Helligkeit stand und dass ich lang im Bett lag, obwohl ich wusste, dass der Vater sonntags Wert auf das pünktliche gemeinsame Frühstück legte, und dass ich aus dem Nachbargarten die Stimmen von Zarah und Inge hörte, hoch, schrill, streitend, wer den Rucksack für den Ausflug nach Brimmern packen dürfe und ob man die Windjacken auch hineintun solle, all dies wie einmal und nie mehr, wie Text auf einer Buchseite, den man nun kannte und nie, niemals mehr zum ersten

Mal lesen konnte, und dass ich Herzklopfen hatte und dass ich mir wünschte, das Zimmer, so wie jetzt, mit mir darin ganz bewegungslos im Bett liegend, das ganze Zimmer würde einfach wie ein Luftschiff abheben und aufsteigen und wegschweben und irgendwo nach stunden- oder tagelangem Flug landen, irgendwo, auf dem Marktplatz einer nie gesehenen Stadt, und ich würde aus dem Bett steigen und sagen, zum ersten Menschen, der mich glotzäuigig anstarren würde: »Guten Morgen, wie geht es denn? Ich hab Sie lange nicht mehr gesehen.« Das Zimmer hob aber nicht ab, und ich stand also auf, und während wir noch frühstückten, kam Inge rüber und stand wie so oft mit zusammengepressten Oberschenkeln und leicht gekrümmtem Körper, als müsse sie sich das Wasserlassen verkneifen, in der Wintergartentür und fragte, ob ich denn jetzt mitkäme nach Brimmern oder nicht. Mein Vater setzte seine Teetasse so hart auf die Untertasse, dass es klirrte, und die Furunkelnarbe in seinem Nacken wurde dick und glänzend und rot, wie immer, wenn er sich erregte, und er sagte Nein, und das komme überhaupt nicht infrage, da sei er ganz entschieden dagegen, denn, was immer da nun wirklich dran sei, was immer da nun heute los sei, also Kinder hätten da nichts verloren, und außerdem sei das Ganze wohl nichts als eine Latrinenparole. Und Inge presste ihre Oberschenkel noch angestrengter zusammen und zuckte die Achseln und sagte, sie, die Rotts, würden also auf jeden Fall nach Brimmern wandern, nicht wegen der komischen Sache dort, sondern weil Sommer sei, und das Wetter hielte wohl eben heute noch, und die Tante in Brimmern habe Kaninchen geschlachtet, und ich sei herzlich eingeladen. Die Furunkelnarbe war immer noch rot und glänzend und dick – ich weiß nicht, warum ich gerade darauf so großen Wert lege, oder doch, mir würde wohl, sollte ich das heute erzählen, jeder Hinweis darauf wichtig sein, dass mein Vater sich in dieser Sache von Anfang an und in einer sozusagen grundsätzlichen Erregung befunden hat. Er blieb bei seinem Nein, ließ, nachdrücklich sein Kunsthonigbrot kauend, keine weitere Erörterung des Themas zu, stand auf, ging hinaus, und kurz darauf hörten wir aus dem großen Zimmer die Akkorde. Chopin, wie immer mit einer Idee zu viel Pedal.

Es war Sommer, unaufhörlich wie alle Sommer damals. Wochen ohne die geringste Luftbewegung, die Tage stürzten übereinander, die atemlosen Nächte dazwischen verzitterten hastig unter verdächtig hellen Sternbildern. Brennende Scheunen ringsum im Land, Selbstentzündung, sagten manche, Sabotage der polnischen Fremdarbeiter, sagten andere, und die Schwierigkeit mit dem Löschwasser, denn von Brimmern flussaufwärts versickerte die Muus in stinkenden Gumpen, in den Feldwegen klafften Risse wie nach einem Erdbeben, stellte ich mir vor, im Gottesdienst sprach Pfarrer Schubart das alte Bittgebet um Regen allmählich inbrünstiger als die Bitte für Führer, Wehrmacht und die Gewissheit des Sieges. Der Weg nach Brimmern führt vom Elsternwinkel weg schon hinter den letzten Häusern gleich in den Wald, und das hat im Sommer sein Gutes, denn einer geht in den Wald und ist sofort verschluckt im engen, schwarzen Tunnel aus Farn und Busch und dicht belaubtem Stamm, oben verfächern sich die Kronen, und man ist eben in den Wald gegangen und unterwegs, und keiner kann sagen, nach Brimmern oder zum Hummelsee, denn wel-

—

chen Weg er nimmt, entscheidet sich so hundert Meter tief im Laubtunnel drin, und er ist einfach weg, und wie er sich entschieden hat, ist erst heraus, wenn er eine halbe Stunde später durch die Maisfelder südwestlich die Senke hinunterwandert, oder er hält sich östlich am Rand der Waldhügel und nimmt den Wiesenweg hinüber gegen das Hummelloch, was in beiden Fällen vom Elsternwinkel aus keiner mehr sehen kann. Und es war Sommer, und der Tunnel nahm kein Ende, wurde dunkler und kühler, und es war ganz klar, dass am Hummelsee die evangelische Gemeindejugend das Wettschwimmen abhielt und dass mein Vater grundsätzlich Wert auf meine Teilnahme an den Veranstaltungen dieser Gruppe legte und dass er mir aber an diesem Sonntag geradezu befohlen hatte – was er sonst nicht tat –, an den Hummelsee zu gehen und mich in den von allen besseren Pimpfen belächelten Verein einzureihen, und es war aber auch klar, dass am Abend vorher, kurz vor dem Dunkelwerden, Inge Rott mich gefragt hatte: »Kommst du mit nach Brimmern?« Sie hatte dieses grüne Fähnchen an, dem sie längst entwachsen war, und sie kauerte in der Hocke im

Gras neben der Aschenbahn und hatte noch
die Stoppuhr in der Hand, die Zeiger zeig-
ten noch meine beste Zeit über hundert Meter,
reif für die Gebietsmeisterschaften, und
Inge im grünen Kleid, das sich kaum gegen
das bläulichere Grün des schattigen Rasens
abhob, sie sah zu mir hoch, ich lehnte gegen
das graue, rissige Holz der Sportplatzumran-
dung, ich spüre noch die Wärme im Kreuz,
über das Turnhallendach schoben sich fein ge-
riffelte Wolken von Brimmern her und würden wieder nichts bringen, und Inges Augen,
blau mit den schwarzen Splittern drin, es war
klar, dass sie nicht wusste, wie breit ihre dünnen Schenkel in der Hocke nach oben ausein-
anderragten, und ganz oben das Dreieck aus
hellblauem Trikot, sonst hatte sie immer eine
schwarze Jungmädelturnhose drunter, die mir
nichts ausmachte, und sie hockte immer noch
auf den Turnschuhabsätzen, aus den Fenstern
der Familie Lautensack, die oben in der Turnhalle wohnte, wehten die Schicksalsklänge her
wie immer vor den reichlichen Sondermel-
dungen dieses Sommers, Front des Gegners
auf der ganzen Breite durchbrochen, Dnjepr
überschritten, Panzerverbände im Vormarsch

auf Tscherkassy, während die schwarzen Splitter in Inges Augen breiter wurden, allmählich das Blau ausfüllten, schwarze Augen, dachte ich, sie hat plötzlich einfach schwarze Augen, wo doch ihr Haar immer noch so hell ist, wie es der Führer liebt, und sie wippte ein bisschen in den Knien, es knackte leise, und das gebauschte hellblaue Dreieck aus Trikotstoff machte eine Falte, und links und rechts an den Innenseiten der Schenkel entstand ein schmaler Spalt, nur für Sekunden, ein kleines hellblaues Fädchen war rechts ausgefranst und schimmerte sehr hell vor dem Dunkel. Aber es würde vielleicht doch zum Regnen kommen, und die Bauern würden am Abend dankbar gen Himmel blicken, gegen den blassen Himmel, aus dem es schwer tropfen würde, endlich und endgültig wie der Sieg, Tscherkassy und der Dnjeprbogen, und vielleicht, nach dem Regen, bei günstigerer Temperatur, könnte ich meine Zeit noch verbessern, noch diesen Sommer, der nicht aufhörte, weil nichts aufhörte und alles ewig war, ewig Inge so vor mir im Gras, das Geländerholz ganz warm in meinem Rücken, ewig Inge Rott, die ihre Schwester manchmal verhaute, weil die Zarah hieß

wie Leander, das rotznäsige, dumm glotzende
Ding, das manchmal noch in die Hose machte
und nichts wusste von der schönen Frau und
doch so hieß, und Inge nicht, ewig Inge, wie
sie jetzt die Lippen über die etwas vorstehen-
den Zähne zurückzog – nachts trug sie eine
Spange und dachte, ich wüsste das nicht – und
wie sie sagte: »Kommst du nun mit nach Brimmern?« und nicht hinzusetzte: »Oder hast du
Angst?« Und wie das Holz in meinem Kreuz
dann kühler wurde und ich mir einen Sprei-
ßel in den linken Handballen rammte, weil
ich das Geländer dauernd umklammert hielt
und daran auf und ab fuhr, und ich sagte, das
stimme ja gar nicht, was da manche sagten,
was in Brimmern morgen los sei, denn neulich habe es geheißen, der Sohn vom Brimmerner Ochsenwirt hätte das Ritterkreuz gekriegt,
und nachher sei's nur das Kriegsverdienst-
kreuz gewesen, das auch der Kreisleiter habe,
welcher noch keinen scharfen Schuss habe
pfeifen hören, da war aber Inge schon aufge-
standen, so schnell und leicht und ohne Warnung, und das hellblaue Dreieck war weg und
das blaue Fädchen, und nichts war mehr ewig,
und ihre Augen waren wieder blau, und die

schwarzen Splitter hatten die gewohnte Win-
zigkeit, die Wolken über der Turnhalle fädel-
ten sich auf, waren nur durchsichtiger Dunst
vor einem mickrigen weißen Nachmittags-
mond, meine linke Hand schmerzte ein wenig,
stinknormal die Stimme im Radio, die von
Fortsetzung des Programms sprach, und nun,
tief drinnen schon im Laubtunnel des Scher-
gerwäldchens, der schattig war und hoch.
Spärlicher Vogelruf, es war noch nicht Mittag,
das Läuten der Kirche im Elsternwinkel, also
grade beim Vaterunser, alle unsere Kümmer-
nisse, vor allem aber die Kraft und Weisheit
unseres Führers, der unsere tapferen Soldaten zum verdienten Siege führen möge, schlie-
ßen wir ein in das Gebet des Herrn, auch dass
er unserer hart arbeitenden Landbevölkerung
gedenke und Regen schicke über das lech-
zende Land, und beten also miteinander, die
helle Zunge der Lichtung, über die der Weg
nach Brimmern führte, leuchtete schon schräg
in das Tunneldämmer herein, goldgrünlich
angeleckt die eine Seite der Stämme, fast
schwarz drüben die Fichten am Steilhang. Wer
da hinaufrackerte, konnte in zwanzig Minuten
im Hummelsee baden, die Vaterunserglocke

verstummte, Pfarrer Schubart musste bei der Abkündigung sein, der Vater saß sicher noch am Flügel, wenn er mit Chopin angefangen hatte, landete er meistens bei Debussy, du kannst dich am Klavier so herrlich verlieren, sagte die Mutter dann, und Dr. Kränzle vom Kreiskrankenhaus würde zum Essen kommen, Hackbraten mit mehr Semmelmehl als Fleisch drin, und ein Ulcus bleibt auch bei denen ein Ulcus, sagte Dr. Kränzle, da haben Sie's schwerer, denn Goethe kann natürlich ein Vorkämpfer der völkischen Idee gewesen sein, das ist eine Frage von Dachau oder nicht Dachau, und Mama schloss dann die Fenster, auch in diesem heißen Sommer, aber da war ich schon über der Lichtung, und der Tunnel lag schon hinter mir und mannshoch links und rechts die vergilbenden Maisblätter der Brimmerner Senke.

Die Rotts hatten einen Vorsprung von einer Stunde, sie mussten jetzt am Muusbogen sein. Als Kurzstreckler mit beachtlichen Hundertmeterzeiten teilte ich mir sehr sorgsam den Langlauf ein. Ich wollte nicht außer Atem sein, wenn ich die Rotts einholte. Ich wollte so dahergeschlendert kommen, womöglich, wenn sie gerade rasteten und aßen, und Frau Rott, ich hörte das, als sie aufbrachen, hatte zu Egon gesagt: »Nimm doch dein Instrument mit«, sie sprach nur vom Instrument so wie von mindestens einer Stradivari, es war aber nur eine Quetschkommode von Hohner mit dem Namen *Rheingold* auf der Metallleiste über den Druckknöpfen, und ich würde so daherkommen über die Kiesbänke an der Muus, wo sie grade am Ufer saßen und *Donauwellen* spielte, so daherkommen und mitsummen und Herrn und Frau Rott zunicken und Zarah was auf einem Grashalm vorzirpen und Inge nicht beachten, so lange, bis sie wieder ganz schwarze Augen bekommen würde, und auf dem Weitermarsch dann immer langsamer hinterhertrotten, wenn es sein musste die vollen zwei Stunden nach Brimmern hinüber, bis Inge nichts anderes übrig blieb, als auf mich zu warten, da aber würde sich der Abstand zur Familie so vergrößert haben, dass man so gut wie unter sich wäre, und da fing ich noch zwischen den Maisfeldern zu rennen an, denn ich dachte, ich würde sie noch vor dem Muusbogen einholen, und mein

Kopf dröhnte bei jedem Schritt, und die Sätze taten weh, weiter drunten in der Senke, als ich über die Furchen der abgeernteten Weizenfelder hürdete. Mensch, dachte ich, hast du Luft heute, gar nicht totzukriegen, wenn nur der Kopf nicht so wehtäte. Das Stroh auf den Feldern roch nach Stroh und sonst noch was, und weiter drunten in der Senke die Heumänner, ausgeschwärmt in langer Schützenkette, ewig am selben Fleck, und wenn man zu Boden schaute und dann wieder hoch, standen sie doch anders und rochen nach Heu und sonst noch nach was, und über allem auf allem das Sonnenlicht, das nach alldem zusammen roch und nach etwas anderem, was aber in Brimmern dem Vernehmen nach stattfinden sollte, war natürlich Quatsch, höchstens die Musikkapelle des Rabenberger Fliegerhorsts würde spielen, und unten am Stauwehr konnte man Kähne mieten, wenn die Muus nicht schon zu niedrig war, mit Inge könnte ich flussaufwärts ins Schilf rudern in die toten Arme um die Schlangeninsel hinein, so tief, dass man den Kahn lange nicht mehr flottbekam, es gab Wasserratten dort, riesige, angriffslustige Tiere, und der Kahn könnte kentern, und Inge

würde sich an mich klammern wie schon einmal, als im letzten Herbst der Pritschenwagen
mit dem Mostobst auf der Brimmerner Steige
ins Rollen gekommen war, und sie traute sich
nicht abzuspringen, und ich packte sie und
rang mit ihr und warf mich mit ihr über den
Wagenrand auf die Straße, und sie presste
noch ihre Arme um mich, als alles vorbei war
und niemand verletzt, und mein Hemd hatte
noch ein wenig gerochen nach ihrem Schweiß,
und natürlich rochen auch das Stroh und das
Heu und das Licht und der ganze Sommer
danach, jetzt wusste ich's, und als ich's ganz
sicher wusste, da stand ich schon vor ihr, keu-
chend und wütend, mit dröhnendem Schädel, sie vor mir, grinsend zu mir aufschauend,
denn sie saß auf ihrer Windjacke, die auf den
Muusschotter gebreitet war, Egon neben ihr,
der nicht *Donauwellen* spielte, sondern *Nur
nicht aus Liebe weinen*, und Herr Rott stand drüben am Wasser, versuchte die heulende Zarah
abzulenken, indem er sie ohne Hoffnung auf
die Steine aufmerksam machte, die er hinein-
warf. Frau Rott lag mit geschlossenen Augen
unter einer Weide und summte »Nur nicht aus
Liebe weinen« mit, die Stelle, an der die Le-

ander den Rhythmus wechselte und so den Kopf in den Nacken warf, während Inge nur eben dasaß, ganz normal jetzt, mit dem Hintern auf dem Boden, und der weiße Faltenrock ging über die Knie, und sie grinste, und es war klar, dass sie mich lange schon den Uferweg hatte heruntergaloppieren sehen, sodass also von Sodaherschlendern und Nichtbeachten und So-aus-Langeweile-im-Muusbogenherumgestolpert-Sein gar nicht mehr die Rede sein konnte und ich mich japsend neben sie auf die Windjacke fallen ließ, während sie immer noch in die Richtung grinste, aus der ich angetrabt war, und sagte: »So eilig?« Als ob da noch einer angetrabt käme, der nicht ich wäre, als ob da noch einer sich mit der Einteilung eines Langlaufs verkalkuliert hatte, als ob da noch einer mit nicht vom Rennen jagendem Puls, mit nicht von der Hitze dröhnendem Kopf hinter dieser Zimtzicke herjagte, einer mageren Ziege, die nachts eine Zahnspange trug, die ihre Schwester drangsalierte, weil sie statt ihrer gerne Zarah geheißen hätte, die hellblaue Schlüpfer trug, die unter den Armen schwitzte, die … Es kam aber kein anderer. Es war nur ich da, unter dem der Muusschotter-

boden pochte und wankte, der sich jetzt auf
den Rücken drehte und nach oben glotzte, in
den Triangel aus Himmelsbläue und brau-
ner Armhaut und weißer Bluse, und der Triangel wurde abwechselnd im Rhythmus von
»Es gibt so viele, die mir gehören und die mir
Treue und Liebe schwören« breiter und wieder spitzer, denn sie geigte mit dem Arm den
Takt zu Egons Spiel, und drüben summte unsichtbar Frau Rott, und weiter drüben heulte
unsichtbar Zarah Rott, und die Steine, die
Herr Rott warf, plumpsten ins Wasser, all dies
lief ab, vorausbestimmt vor unendlicher Zeit,
unaufhaltsam und immer wieder, und die
Muus, oder was von ihr übrig war, floss und
hielt Kontakt zu den Weltmeeren, und wenn
ich richtig aufgepasst hatte in Naturkunde,
so gebar sich auch jetzt im lichtjahrmillionen-
fernen Nebel da draußen der Kosmos stets
aufs Neue, hatte sicher viel zu tun, Wichtige-
res, Schöneres, Schrecklicheres, war aber doch
auch dies hier und fand das in Ordnung und
hatte als Billionstelnebeltropfen hier seinen
Platz, nicht mehr ungeschehen zu machen,
nicht weniger verrückbar als die Alpen oder
der Hummelsee, ich aber nicht drin, ich drau-

ßen, unteilhaftig, ungeboren, gar nicht ein-
geplant, unberechtigt, schöpfungsfern, ein
Nichts schon im Vergleich zu dem hellen, aus-
gefransten Fädchen am Trikotsaum, ob die
wieder die Blauen anhatte, wie oft sie wechselte, ob sie dran dachte, morgens, beim An-
ziehen, wohin ich ihr schaute, wenn's ging, ob
sie das überhaupt war, dieses Stück Haut eines
schlanken Oberarms, der sich zwei Handbreit
vor meinen Augen bewegte, ob sie das war,
dieser helle Zopf im Nacken, ob sie das war,
was ich meinte, nächtelang und mit flimmern-
den Augen gegen Morgen, das war sie nicht
und war sie und konnte nicht sein, war doch,
»Es ist ja ganz gleich, wen wir lieben«, sang
Egon, und kein Himmel stürzte ein, und mein
Vater hatte mal gesagt, als die Leander das im
Radio sang: »Gerade das ist nun nicht ganz
gleich, dumme Ziege!« Aber da hatte Inge sich
umgedreht und blickte herab auf mich: »Los,
komm, wir gehen voraus, bis die mit der Rotz-
nase nach Brimmern kommen, kann alles vorbei sein.«

Klinge nennt man in dieser Gegend eine
schmal in den Steinhang eingeschnittene

Schlucht, die sich ein Bach auf dem kürzesten Weg, ohne Windungen von der Hochebene hinunter ins Flusstal gesägt hat. Nach Brimmern hinunter führen viele Klingen, aus allen Richtungen, denn Brimmern liegt in einem Talkessel der Muus, und die Muus findet nur schwer wieder aus ihm heraus und verläuft sich in Seitenarme, die zu nichts führen als Schilfdschungel und Moor, und sie versucht es an ganz falschen Stellen und steht und stinkt und verlandet und wird erst viel weiter nördlich, wenn man's schon gar nicht mehr glaubt, allmählich wieder ein Fluss, und wie sie das schafft, erfährt man als ABC-Schütze in Heimatkunde, und dazwischen liegen viele Sommer, und jeden Sommer bekommt der Muuskessel den Dunstdeckel übergestülpt, wenn der Fluss stirbt, die Algen verwesen und die Fische ersticken, und diesen Sommer war der Deckel so dicht wie nie. Wir stiegen die Katzenklinge hinab und sprachen nicht viel und wurden schweigsamer, je tiefer wir in den Kessel kamen, vielleicht, weil die näher rückenden Holzhäuser im Klingengrund so still lagen, die sonst widerhallten vom Gebrüll geprügelter Kinder. Die Rotts waren weit zurück, wir gehörten gar nicht mehr zu ihnen, waren im Tal plötzlich allein und ganz unter Fremden, die aus anderen Klingen heruntergewandert kamen, einzeln und truppweise, schweigend und manche singend, vor allem *Hallihallo, wir fahren, wir fahren in die Welt*, zweistimmig, die Kinder die obere Stimme, und nach »in die Welt« hängten sie ein unerlaubtes, halb gekichertes »ohne Geld« dran. In den Vorgärten der Häuser blühten Phlox und Malven, am üppigsten vor den Häusern, in denen am meisten geprügelt wurde, und dann nachlassend, Blütenpracht und Schläge, je dichter der Weg an die Straße heranführte, bis eine Straße draus wurde und man in Brimmern war und die Häuser keine Vorgärten hatten, graue, friedliche Stadthäuser, ohne Prügel und Blumen. Auch hier war es still und Stimmen nur von den Leuten, die auch von den Dörfern hereingezogen kamen, Klavierspiel aus einem Fenster, Mozart oder so, anders als Vater, aber eben doch so, dass ich an ihn denken musste und dass er dachte, ich bin am Hummelsee.

Irgendetwas, so würde ich das heute erzählen, lag über der Stadt, ich meine, außer dem

Dunstdeckel der Muus. Aber Inges Tante, die am unteren Markt wohnte, wusste von nichts, oder sie tat so, oder vielleicht waren unsere andeutenden Fragen auch zu undeutlich, und so geradeheraus fragen wollten wir nicht, und auch später, als die übrige Rott-Familie kam, war nicht die Rede davon, sondern der Grund für die Wanderung nach Brimmern war das Wandern und dann das Kaninchenessen, aber dazu hätte man ja auch die Viertelstunde mit dem Zug fahren können, und Zarah sabberte sich mit eingemachtem Birnenkompott ein, die paar welken Blümchen, die sie unterwegs aus der Wiese gerissen hatte, wurden von der Tante überschwänglich als Strauß gelobt, und Egon wurde gelobt, weil er das Instrument dabeihatte, und andererseits lobten Herr und Frau Rott das Essen überschwänglich, aber ich fand es schrecklich, denn Kaninchen, das war für mich, was der Trapper sich schoss und dann über dem Feuer briet, aber nicht glitschige Fleischfetzen mit Nudeln und Sauce. Und ich wünschte plötzlich, ich wäre am Hummelsee, vor allem auch, weil Inge nicht abließ, nach Winfried zu fragen, der in Marineuniform über dem Radio hing mit gepressten Blumen über dem Rahmen, Fähnrich zur See, und wenn alles glattging, käme er in vier Wochen auf Urlaub, sein Verband wurde in einer Sondermeldung erwähnt, und Inge zog wieder die Lippen über die Zähne zurück, und ich wünschte ihr die Spange drauf. »Da könnten wir doch wieder herüberwandern, an einem Sonntag, wenn er da ist. Er ist schließlich mein Vetter«, sagte sie. Und ich murmelte vor mich hin: »In vier Wochen kann noch viel passieren«, worauf die Tante erschrocken zu Winfried über dem Radio blickte und Herr Rott sagte: »Wenn Egon das gesagt hätte, würde er jetzt eine fangen von mir, aber eine ganz gewaltige.« Nach dem Essen musste Egon vorspielen, *Waldzauber* und *Donauwellen*, Inge und ich aber verkrümelten uns, und es wollte keiner wissen, wo wir hingingen. Immer noch war die Stadt still, viel Essensgeruch und Mittagskonzert wehte aus den Fenstern, und Inge wurde müde, die Füße taten ihr bald weh vom sinnlosen Umherstrolchen in den leeren Gassen. Es war klar, dass ich irgendwas unternehmen musste, oder aber sie wäre mir für immer verloren. Es war aber schwer, den richtigen Entschluss zu fassen, denn es konnte im SA-Heim sein, oder es konnte im Hof der Kreisleitung sein, oder es konnte im Gefängnis sein, oder sie hatten es sich ganz anders überlegt, und es war draußen irgendwo, wo man nicht hinfand, wenn man es nicht wusste.

Da aber schickte der Himmel Herrn Schulrat Schmucker. Hager und groß kam er die leere Marktstraße herauf, die Uniform an, und ich erschrak erst, konnte mir gar nicht vorstellen, wie es war im Freibad, wenn er den schwarzen Wollbadeanzug mit den Trägern anhatte und um den Beckenrand stakste, und irgendeiner hatte es irgendwann entdeckt und sagte es den anderen, und wir gingen im Gänsemarsch immer wieder an Schmucker vorbei und hoben den Arm und grüßten: »Heil Hitler, Herr Schulrat«, und er hob jedes Mal den Arm so steil, dass sich auch der Träger hob und den ganzen Badeanzug auf der rechten Seite ein Stück nach oben zerrte und unten in der rechten Beinöffnung genau für die Dauer der Worte »Heil Hitler« etwas von ihm heraushing, er hieß seit Jahr und Tag nur der Schellenschmucker, und es waren im Lauf der Jahre ganze Schülerheere im Gänsemarsch an ihm vorbeigezogen, »Heil Hitler, Herr Schulrat«, und er freute sich über die Jugend, denn er war ein schneidiger Mann der Gesinnung nach, und es gab im Brimmerner Landkreis wenige Burschen, die nicht an die Wandtafel hätten malen können, was zusätzlich von Schulrat Schmucker zu sehen war, wenn er im Stadtbad den Deutschen Gruß ausführte. Der Schellenschmucker jetzt aber, in Rohrstiefeln und Breeches, und die Brille blitzte hell, und nichts war komisch. Ich wagte nicht, ihn zu grüßen, er sah mich auch gar nicht, zackte einfach mit knallenden Absätzen daher und weiter die Marktstraße hinauf, und plötzlich brach's wie die Sondermeldungsfanfaren über mich herein, dass da das Schicksal oder Gottes Wille oder sonst etwas Höheres, zumindest aber nicht nur der Schellenschmucker allein marschierte, und ich sah Inge an, die aber nichts begriff, auch natürlich den Unterschied zwischen Schellenschmucker in Uniform und Schellenschmucker im Badeanzug nicht so genau empfinden konnte, und ich sagte: »Jetzt müssen wir nur dem nach, und wir kommen hin.«

Und wir kamen hin. Heute würde ich sagen, ich hab's die ganze Zeit schon vor mir gesehen:

der Hof der Gewerbeschule, wohl weil's der größte war, aber eben doch etwas Abgeschlossenes, und Polizei davor, damit keine Kinder hineinwitschten. Und der Blick durchs Hoftor prallte ab an einer Menschenmauer, die widerwillig eben den Schulrat Schmucker hindurchließ und sich so rasch wieder schloss, dass man schon nicht mehr wusste, wo die Lücke gewesen war, und ich sagte zu Inge: »Komm, schnell, außen rum auf die Bäume!«, und wir rannten die Hofmauer entlang um die Ecke, und ich sah den dicken Schutzmann Stumpff da stehen, Kopf im Nacken, schnaufend, in die Bäume hinaufschimpfend, und aus den Bäumen lachte es herunter, und er schüttelte die Fäuste nach oben wie in *Maske in Blau* der Schlagzeuger seine Rumbakugeln, sodass wir ungehindert an ihm vorbeischlenderten, und ich suchte den entferntesten Baum an der Mauerecke aus, weil der noch nicht besetzt war, und ich kniete nieder, Inge stieg auf meine Schultern, ich hoch, schon hatte sie den untersten Ast, zog sich hinauf, sie hatte nicht die Blauen an, sondern ganz dünne, leuchtende Weiße, und oben der Ast war bequem und breit, die Rinde fast kühl unter den nackten Schenkeln, Schatten, endlich Schatten und ein guter Blick auf den Hof. »Ach so«, sagte Inge, und ich wusste, was sie meinte, war aber nicht enttäuscht, denn es war einleuchtend, dass sie einfach das Pausenreck genommen hatten und nicht extra was aufgebaut. Die Stange steckte in den obersten Löchern, und ein Klettertau, ich glaube, es war ein Klettertau, war drumgeschlungen, vielleicht ein bisschen dünner als die, die wir benutzten. Hing auf der einen Seite lose herab und auf der anderen Seite als Schlinge, so in halber Höhe über einem Tisch, der genau unter dem Reck stand. »Ach so«, sagte Inge wieder, was ich albern fand, weiß Gott, was sie sich vorgestellt hatte. Schutzmann Stumpf stand jetzt unter unserem Baum und schimpfte herauf, ich spähte hinunter durch die Zweige, sah zwischen dunklen Blättern Teile seines roten Gesichts, aber nicht die Augen, und als ich wieder in den Hof blickte, kam aus dem Schultor in Dreierreihen eine Kolonne Polen anmarschiert, links und rechts SA, aber keine Brimmerner, ich kannte niemand, und dann nochmals eine Kolonne meist kleinere, magere, alterslose Männer in zu großen, meist dunklen Anzügen und dahinter die Frauen, alle mit weißen Kopftüchern, so weit hereingezogen, dass man ihre Gesichter kaum sah. Der Hof der Gewerbeschule war wirklich riesig, denn nun mochten so hundertfünfzig Polen aufmarschiert sein, in weitem, offenem Viereck um das Reck gruppiert, und darumherum die SA und an den Mauern ringsum entlang Kopf an Kopf die Leute, und trotzdem war der Hof nicht voll, kam mir immer noch eher leer vor, und jedenfalls alle, die drin waren, schienen durchdacht und platzsparend geordnet zu sein. Auch ging es eher still zu. Die Leute an den Mauern ringsum starrten alle in Richtung Reck und dazwischendrin wieder kurz hinüber nach dem Schultor, und die Polen hielten die Köpfe meist gesenkt, und reden taten die in der Kolonne sowieso nicht, und die Leute unterhielten sich nur leise, machten sich mit kurzen, nach vorn gestoßenen Armbewegungen auf dies und jenes aufmerksam, und je länger es dauerte, desto stiller, meine ich, wurde es, schläfrig vielleicht gar, denn es ging auf vier, und die Hitze ließ nicht locker, und der Dunstdeckel drückte in den Kessel herein, und die Geranien in den Blumenkästen der

Gewerbeschulleiter leuchteten wie Feuer. Ich hatte nun drüben auf der uns entgegengesetzten Seite die Rotts entdeckt, sie und ihn, Egon, etwas getrennt von ihnen, sein Instrument war wohl bei der Tante geblieben und Zarah auch, und wieder das Gefühl, dass all dies so war und so sein musste und gar nicht anders sein konnte und alles seinen Platz hatte und in Ordnung war, und nur ich draußen und wie in diesem Film der Rühmann durch die Decke gebrochen und auf eine Varietébühne geplumpst, auf der er nichts verloren hatte. Aber es war kein Film, denn der Schellenschmucker, der nun Schlag vier das Zeichen gab zum Schultor hinüber, war ja der Schellenschmucker, und ich hatte oft genug gesehen das rosabläulich geäderte Gelappe, gegen das er nicht ankam mit all seiner Zackigkeit, und dennoch schien nun all dies ihm zu gehören, oder Inge zu gehören, oder den Rotts, oder den Leuten, von denen ich nun manche wiedererkannte, die mit uns nach Brimmern hereingewandert waren.

Und war doch so einfach. Sie führten ihn aus dem Schultor, noch kleiner als die anderen Polen wirkte er, war er vielleicht, jedenfalls winzig zwischen den beiden SS-Männern, es waren ortsfremde, in Feldgrau mit schwarzen Kragenspielen. Sie führten ihn vor das Reck. Die Hände waren ihm auf dem Rücken gebunden, aber locker, es sah lässig aus, nicht nach Gewalt. Der Schellenschmucker ging hinterher, und sie hielten wie auf ein unhörbares Kommando. Sie drehten sich um, Front jetzt also ins offene Viereck der Polenkolonnen. Aus der ersten Reihe trat ein Pole vor, ein älterer Mann, trat neben den Schellenschmucker, und dieser hielt eine Ansprache, und der Pole übersetzte sie Satz für Satz für seine Landsleute. Und es war klar, und man wusste es ja auch schon, man hatte ja seit Tagen davon munkeln hören, dass der Pole – Mensch, sah der jung aus, das Bürschchen – ein Schädling und ein Verräter gewesen sei an seinem deutschen Wirtsvolk, mehrere Sabotageakte in der Landwirtschaft, die Versorgung der kämpfenden Truppe gefährdend, außerdem Beweise, dass er wiederholt deutschen Frauen und Mädchen nachgestellt habe, und dies in einem Fall sogar bei einer Kriegerwitwe. Die Tapferkeit unserer Soldaten in ihrem Ringen um das Schicksal der Nation verpflichtete aber auch die Heimat zu unerbittlicher Härte, da, wo sie nötig sei. Längst sei ein abschreckendes Exempel fällig gewesen, und nun werde es gegeben zur Warnung für jeden, der hinterrücks die Hand erhebe gegen deutsches Gut und deutsche Ehre. Ich fühlte Inge auf dem Ast dichter zu mir herrücken, ich fühlte ihre Haut überraschend kühl an meinem Arm, während die Gruppe am Reck sich nun wieder von dem Kolonnenviereck weg kehrte und Front zum Reck machte, dicht vor dem Tisch. Der eine SS-Mann war mit einem gewandten Sprung, oder mehr Kehre, Hand aufgestützt, den Körper kurz aus der Hüfte nachgeschwungen, auf dem Tisch, beugte sich herunter, half, während der andere von unten schob, dem Polen hinauf, es ging wie geübt, schneller konnte ein gefesselter Mann nicht auf einen Tisch kommen, und der Pole zeigte sich anstellig, schon stand er droben, schaute nur so in die Sonne, streckte jetzt leicht den Kopf vor, als der SS-Mann ihm die Schlinge um den Hals legte, oder eher: Er half ihm hinein. Und ich sage nicht, dass atemlose Stille über dem Hof lag, ich sage nicht, dass ein Raunen oder ein Murmeln oder ein Stöhnen durch die Menge

ging, mir ist nicht bekannt, dass jemand ge-
seufzt, gar geschrien oder anderweitig außer-
gewöhnlichen Laut gegeben hätte. Nur drüben am Güterbahnhof, unter der gegenseitigen
Talwand, ließ eine Lok zischend Dampf ab.
Jedenfalls, der Schellenschmucker nickte nur,
und die beiden Feldgrauen traten von hinten
an den Tisch heran, nebeneinander, sie schoben die nach oben gekehrten Handflächen
unter die Tischplatte, da unten wird wohl eine
Leiste gewesen sein, denke ich mir, und dann
plötzlich zogen sie den Tisch mit einem Ruck
nach hinten weg, sodass der Pole ein Stück
nach unten fiel, nicht weit, nur so ein Stückchen, kaum mehr, als wenn man am Fuß einer
Treppe ist und man meint, man hat die letzte
Stufe schon hinter sich, es kommt aber noch
eine, und man fällt einfach so und wird gleich
aufgefangen, mehr war es nicht. Er hing ganz
ruhig, und da war nichts von wegen Zappeln
oder so, auch wenn manche später erzählten,
er habe mit den Beinen geschlegelt, die Leute
schmücken so was ja immer aus, und wenn
man genau fragt, waren sie gar nicht dabei. Ich
aber war dabei, und er hat nicht geschlegelt,
er hing ganz ruhig, drehte sich aber schon im

Fallen nach links, sodass ich nur seinen Hinterkopf sah, und der Hals wurde ein bisschen schief, und so blieb er, als habe er den Kopf leicht zur Seite geneigt, in ewigem Nachdenken. Auch sein Schatten bewegte sich nicht, mir fiel das auf, obwohl das eigentlich klar war.

Die Polen marschierten ab, und die SA marschierte ab, es blieb nur eine Wache am Reck zurück. Der Schellenschmucker verschwand mit den SS-Leuten im Schultor. Die Leute gingen nun langsam durcheinander, bildeten Gruppen und Grüppchen, standen noch herum, unterhielten sich, am Hoftor entstand Gedränge. Aus der Schule kam der Hausmeister mit seiner unförmigen Frau, Sauter oder so ähnlich hießen die Leute, sie gingen amtlich hinüber zum Reck, um den Tisch zu holen. Sie nickten nach allen Seiten, spärlich lächelnd, wie um etwaigem Applaus vorzubeugen, denn sie hatten wohl den Tisch auch herausgeschleppt, waren Mitwirkende, jedoch zu bescheiden, als dass sie hätten Anerkennung für sich in Anspruch nehmen dürfen. Die Brimmerner Stadtkirche schlug halb fünf, und durchs Tal ging tatsächlich ein schwächlicher Wind, was für ein Geschenk an einem schwülen Sommersonntagnachmittag.

Die Stadt, so meine ich heute, hatte dann ganz plötzlich wieder ihre gewohnten Geräusche. Aus war es mit dem Frieden, wiewohl ich von Krach nicht sprechen möchte, wenige Autos nur noch, zu dieser Zeit, aber aus den offenen Wirtshaustüren sehr laut das Getöse in den Gassen, und die Hunde, die zahllosen Brimmerner Hunde, und das Gejohle der Kranfahrer unten, auf den Resten der Muus. Und je weiter wir den Klingenweg hinausgingen, desto dringlicher das Geschrei der Kinder aus den Holzhäusern, und richtig, auch der Phlox glühte prächtiger in den Vorgärten. Als wir in die Brimmerner Senke kamen, waren von Westen Wolken hergezogen, flache Bänke, schoben sich schon an die Waldberge, hellgrau, sanft, nur ganz hinten, schätzungsweise noch über dem Neckarbecken, standen gezackte, gelbliche Löwenhäupter mit Fetzenmähnen. Dort, meinte Herr Rott, regnete es, aber das war weit weg. Wir lagerten am Muusbogen. Inges Tante hatte einen Wein mitgegeben, zwei Flaschen im Rucksack, und auf Herrn Rotts Bitten spielte Egon *Das Lieben bringt groß Freud.* Und Zarah versuchte, auf die Knöpfe des Instruments zu drücken, während Egon spielte, aber er schlug ihr auf die Finger.

Das Licht in den Bäumen auf der Kuppe. Ich sah immer hin, und Inge hatte ihre Hand unter meinem Hemd und fuhr ganz langsam meinen Rücken hinauf und hinunter, es war, als rieselte Sand. »Ein Brüflein schrüb sü mür ...«, sang Frau Rott. Im Muusbogen zerbrach die Sonne und setzte sich nicht wieder zusammen, und Inges Finger wie Sand. »Du kannst auf elf sechs kommen noch diesen Sommer, wenn dein Start besser wird, es ist nur der Start.« Und ich sah mich im Startloch kauern, schoss nach vorn, ganz hinten am Ende der Bahn sie, so etwas gekrümmt stehend mit zusammengepressten Schenkeln, näher und näher und schon an ihrem Hals, kühl wie ihre Finger unter meinem Hemd, die plötzlich zugriffen, und während Frau Rott sang »Mein Eigen soll sie sein«, küsste sie mich, unsere Zähne stießen ein bisschen zusammen, und es war klar, dass ich es geschafft hatte, zum ersten Mal, der erste Kuss, das erste Mädchen, und grade die, in der Dämmerung schon, keine drei Stunden, und sie würde im Bett liegen mit einer Spange im Maul, und drüben warf Herr Rott die leere Weinflasche in die Muus. Und in der Nacht, gegen zehn, kam endlich der Regen, um den das ganze Land so lange gebetet hatte.

undatiert, um 1970

Flatts Sieg

Aber schon als wir zum ersten Mal in diesem Sommer in der Muus badeten, fragte niemand mehr, wer Knobel war und woher er kam. Er gab – und das muss heute noch wahr sein – das Päckchen *Lucky Strike* billiger ab als jeder Ami. Er nahm für zwei Kilo Eipulver eine durchgescheuerte Hose oder ein paar abgetragene Schuhe. Und man weiß noch, dass auch das Stadtpfarrhaus mit Trockenmilch kochte, die auf Umwegen von Knobel kam. Die Frau Pfarrer hat es nicht gewusst, so hörte man, und der Stadtpfarrer will es erst recht nicht gewusst haben. Aber die Stadt wusste es, denn es war wichtig zu wissen, dass auch das Pfarrhaus vom Schwarzmarkt lebte, und es war nicht wichtig zu wissen, wer Knobel war und woher er kam.

In jenem langen, heißen Sommer wussten

sogar die wenigsten, wo er wohnte und ob er wirklich Knobel hieß oder ob das ein Spitzname war. Später dann, als die Verwaltung wieder etwas verwaltete, als der Polizeimeister Strupf schon wieder eine Uniform anhatte und schwer an seinem hölzernen Schlagstock und am allgemeinen Schusswaffenverbot trug, da war auch Knobel behördlich erfasst, wenngleich seine Vergangenheit infolge Fehlens jeglicher Papiere urkundlich gesehen im Dunkel blieb und nur in seinen mündlichen Berichten vorhanden war. Die aber gehörten ins Gebiet der Kunst.

Noch sahen wir die Bomberpulks am hellen Mittag südwärts über die Waldberge schwimmen, noch hatte sich kaum in der Stadt herumgesprochen, dass die Amerikaner keine Frauen und Kinder zum Minensuchen heranzogen, ja nicht einmal den gefangenen Kreisleiter, der dies behauptet hatte, noch dröhnten die Panzer auf der Straße Richtung Ulm, und wenn abends über den Hügeln das Mündungsfeuer zuckte, sagten sie im *Grünen Hut*: »Sie wer'n uns doch nicht die Ehre antun und uns zurückerobern?« – da war schon mit dem spülwasserwarmen Wind, der dann den ganzen Sommer aus Süden blies, da war schon Knobel gekommen; da hatte er schon die verbeulte, aber leistungsfähige Nase am Stadtrand in Stellung gebracht, da schob er sie schon schnuppernd ins Weichbild vor und kam dann im richtigen Turnus zwischen zwei patrouillierenden MP-Streifen selber nach: eine Drahtbrille, das linke Glas gesprungen, ein Pappkoffer, der an den vier unteren Enden leck war, schwarze Schnürstiefel wie Ponyhufe an den kurzen, verquollenen Füßen – von diesen Fixpunkten markiert, bewegte sich Knobels Erscheinung vorsichtig stadteinwärts. Er eroberte die Stadt vier Tage nach dem Einzug der Amerikaner. Er eroberte sie völlig geräuschlos und lenkte die schwarzen Hufe zielsicher in das einzige Lokal am Platz, das aus Schlamperei und Zufall weder geschlossen noch von der Besatzung beschlagnahmt war, und setzte also – denkwürdiger Fleck auf den öligen Dielen – seinen Pappkoffer in der Gaststube des *Grünen Hutes* ab.

Das hatte etwas unauffällig Endgültiges. Da blieb er. Da hockte er und schwenkte den Drahtbrillenblick der Sonnenbahn nach und erlaubte den zitternden, kurzbefingerten Händen nur kurze Bewegungen, duckte den breiten Mund also beim Trinken tief dem vorläufigen Glas Wasser, um das er gebeten hatte, entgegen, hielt überhaupt sein gesamtes Vorhandensein überaus schmal bemessen, hatte aber schon gegen abends fünf Einfluss auf die Verteilung des Restpostens Dünnbier, den der alte Flatt vorsichtshalber im Hof hinter der Kegelbahn gelagert hatte. Die Verteilung war zum ersten Mal gerecht, weil auch wir Jungen etwas abbekamen, was den alten Flatt ärgerte. Er knodderte etwas von Reichsjugendschutzgesetz, das ja sein Gutes habe, obwohl das Reich jetzt im Eimer sei – das mit den Arbeitslosen und den Autobahnen sagte er erst drei Jahre später, bitte: Auch das muss wahr bleiben! – Es gab, während Flatt uns die Gläser wegnehmen wollte, um sie an sich und die anderen zu verteilen, ein Gelächter, in der Wirtschaft, damals noch ohne Beifall für Flatt, sondern nur darum, weil etwas vorbei war, was Spinnstoffsammlungen und Standgerichte gebracht hatte, was aber doch noch den Alten an diesem Abend rückwirkend drei Glas Dünnbier einbrachte.

Da aber zeigte Knobel zum ersten Mal

etwas, was wir später immer den »umgestülp-
ten Bock« nannten. Er schaute den alten Flatt
an, oder er schaute uns alle an, oder er schaute
nur die leeren Zeitungsschienen an der Wand
an, aus denen Flatt vor ein paar Tagen die letzten Ausgaben vom *NS-Kurier* entfernt hatte,
oder er schaute gar nichts an oder tat nur so,
als ob er gar nichts anschaute. Er stülpte den
Blick, Augäpfel und Pupillen, nach innen,
als habe er im Hinterkopf Sehschlitze, durch
die er schreckliche Dinge erblickte. Ich weiß
noch, dass Fred, der's immer mit der Bildung
hatte, später zu mir sagte: »Hast du den Blick
gesehen? So leer wie die Augen bei antiken
Skulpturen.« Wir hatten eine Büste von Cäsar
vorne drin im Lateinbuch, die meinte er. Aber
es stimmt nicht. Bei Knobel war das ganze
Geschau ja vorhanden, nur: Es schaute nach
innen, in den Kopf hinein, in dem es furchtbar
aussehen musste, denn Knobel erschauerte
derart, dass der Bierspiegel in seinem Glas fast
über den Rand schwappte. Dabei sagte er: »Da,
wo ich herkomme, hat's keinen Jugendschutz
gegeben.« Und er stülpte den Blick wieder
nach außen, gestattete den Brillengläsern wieder, ihm zum Zwecke besserer Außensicht be-

hilflich zu sein, nahm aber keine Notiz davon, dass der alte Flatt uns unsere Gläser wieder stillschweigend in unsere Hände schob. In diesem Augenblick hatte Knobel im *Grünen Hut* die Macht übernommen.

Falscher kann man sich nicht ausdrücken. Knobel wusste sicher gar nicht, was Macht ist, noch weniger, wie man sie übernimmt. Knobel war lediglich da. Die Drahtbrille glotzte. Der breite Clownmund biss ins Bier. Die gebuckelte Nase sog der Qualm der Selbstgedrehten wieder ein und machte aus jedem Lungenzug zwei. Die Ponyhufe an den verkrüppelten Füßen standen mit knapper Not auf den Dielen. Und all dies roch. Sogar die kurzen braunen Hände rochen auf eine im *Grünen Hut* nie gerochene Art. Nicht Schweiß, nicht Dreck, nicht Mannsbild, nicht der mit Kernseifengeruch ungenügend verlängerte Dunst der Säuernis, den die Alten im *Grünen Hut* ausströmten. Knobel roch anders. Als das Lazarett zu klein wurde im vierten Kriegsjahr, da verlegten sie das Polenlager über Nacht weiß Gott wohin, und sie schwefelten die Baracken aus, sie chlorten die Gruben, sie verbrannten einen großen Haufen von Zeug, das

die Polen nicht hatten mitschleppen können –
so roch Knobel, so ähnlich. Nach Asche und
Brand, nach Desinfektion und schlecht ver-
bundenen Wunden und noch nach etwas, was
uns nicht einfiel. Fred, der Romantiker, sagte:
»Er riecht nach Pein«, worunter ich mir nicht
viel vorstellte, obwohl ich mir heute sagen
muss, dass Fred mit »Pein« nahe dran war
an dem, was wir alle schnupperten. Und erst
gegen Abend, kurz vor der Ausgangssperre,
fragten sie Knobel, wo er herkomme. Knobel
gab keine Antwort. Er stülpte nur zum zweiten Mal den Blick nach innen und sagte: »Fragt
mich nicht. Fragt mich nicht.« Und das genügte
dem alten Flatt. Er rutschte auf der Bank hinter dem Tisch hervor und schrie in den oberen
Stock hinauf: »Elsgund! Runter mit dir!« Und
Elsgund kam über die Treppe herunter, so
schnell ihr schwerer Kartoffelhintern es ihr erlaubte. »Den Obstler«, befahl Flatt, »aber dalli,
weil wir haben einen KZ-ler im Haus!« Und
er duldete unter zornigem Fußstampfen nicht,
dass die Tochter sich dumm stellte und »Welchen Obstler?« fragte, und auch unser Gelächter, da er doch am Tag vorher noch behauptet hatte, der Schwarzgebrannte sei alle, störte

ihn nicht. »Wir haben einen KZ-ler!«, rief er
immer wieder, wobei er jeden von uns am Unterarm zu sich herzog und ihm mit den Worten: »Mensch, bedenk, was für ein Schicksal«
kleine Spuckekugeln ins Ohr blies. Elsgund
lief, so schnell sie konnte. Aber kaum stand
der Zwei-Liter-Kolben Schwarzgebrannter auf
dem Tisch, schrie der alte Flatt schon: »Und
ein paar Spiegeleier, Elsgund, weil, der Herr
hat Schweres hinter sich!«

Ich sehe Knobel noch vor mir, ausgespart in
all dem Durcheinander, ein Klumpen dunkler
Kästchen in einem Kreuzworträtsel voll Ge-
schwätz. Er aß und trank und hatte viel Dioptrien vor den Augen und schaute mit ihnen
nichts an, jedenfalls nicht uns. Nur die Verteilung des Schwarzgebrannten leitete er mit kur-
zem Zeigefinger und blieb ohne Widerspruch,
obwohl wir Jungen auch jetzt wieder etwas abbekamen. »Da, wo er herkommt, da hat man
teilen gelernt«, sagte der vom Gaswerk, den sie
nur den Stinker nannten, und damit erbeutete
er tatsächlich einen undeutlich zustimmenden
Knobel-Drahtbrillenblick. Für einen Moment
hatte ich das Gefühl, Knobel war drauf und
dran, etwas zu sagen, aber da hatte Flatt schon

sein Schnapsglas Knobel zur Ansicht hinge-
halten und gerufen: »Auf unseren Ehrengast!«
In Flatts Rede kam vor, dass es ihm zur Ehre
gereiche und dass es mehr als ein Zufall sei,
wenn der erste KZ-ler am Platz im *Grünen Hut*
sich niederlasse und eben nicht im *Weißen Ross*,
wo instinktloserweise der Ami-Kommandeur
sitze, obwohl dort immerhin bis zum Herbst
'39 der Stammtisch des Kreisleiters gewesen
sei. In Flatts Rede kam noch vor, dass er vor
zwei Jahren schon dem Blockwart Buck Maul-
schellen angeboten habe. Das bestätigten alle
am Tisch, denn jeder erinnerte sich an Flatts
Wut, als der Blockwart Buck den Flatt'schen
Schäferhund mit der Fahrradpumpe prügelte,
weil der direkt vor der Kreisleitung mit einem
Dachshund angebändelt hatte. So war ein Beispiel von Widerstand im Kleinen aufgezeigt,
und Elsgund hatte zu rennen, weil der Stinker
vom Gaswerk andeutete, an einem Tag wie
diesem sei es angebracht, dass Flatt von den
eingedünsteten Hasen herausrückte. Aber der
Stinker war anständig und sagte nicht, dass
die Hasen aus der Jagd des Kreisleiters stamm-
ten und in Flatts Besitz übergegangen waren,
als bei der Jugendweihe von Kreisleiters Sohn

Mangel an deutschem Perlwein herrschte. So-
viel ich mich erinnere, hat Knobel, der Ehrengast, auf all die Reden nichts erwidert. Nur
der Mund, der in den Schnaps biss wie in trocken Brot. Die fast geizige Sparsamkeit in allen
Bewegungen, wenn er schnell neben sich griff,
um das Vorhandensein des Pappkoffers zu
kontrollieren. Die durch Ducken fast aufge-
hobene Distanz zwischen Zigarette und Lippen, wenn er rauchte. Der Mindestaufwand,
mit dem er Messer und Gabel handhabe – er
musste aus einer Welt kommen, in der es gefährlich gewesen war, Arme und Hände zum
eigenen Nutzen zu gebrauchen. Und zu sprechen.

Das Fest ging eigentlich erst los, als – knapp
vor dem Ausgehverbot, aber wir konnten ja alle
im Flatts Hofschuppen schlafen – der entam-
tete Polizeimeister Strupf erschien. Er musste
Schnaps und Spiegeleier und Hasen gerochen
haben, er wohnte ja auch im Flatt'schen Ne-
benbau. Er stand in der Tür, und ich sah ihn
zum ersten Mal ohne Rohrstiefel. Die O-Beine
in Breeches mit offenen Nesseln, die Füße in
Kunstlederschlappen, der ganze Mann ent-
waffnet wie eine Armee, die ihre Geschütze

sprengt. Er stand dort und hielt mit den stiefel-
losen O-Beinen krampfhaft ein muschelförmi-
ges Stück des dämmrigen Wirtschaftsflurs
umschlossen und nahm begehrlichen Augen-
schein von Schnaps und Has und konnte nicht
glauben, dass Flatt ihm schon die Tannentür
entgegenschob, dass Flatt mit dem Ruf »Freiheit!« ihm schon die Tannenbretter gegen die
Hausschuhzehen stäuberte, und konnte erst
recht nicht glauben, dass er mit Flatts don-
nerndem »Naziknecht!« sowohl gemeint als
auch schon draußen war. Zwar wandte der
vom Gaswerk, den sie nur den Stinker nannten, ein, es sei nicht recht, denn der Strupf
habe immerhin den abgesprungenen Flie-
ger vor vier Wochen ordnungsgemäß der Ge-
stapo in Heilbronn überstellt, anstatt ihn von
den Bauern totschlagen zu lassen. Aber der
alte Flatt schrie: »Taba rasula muss einmal
sein, versteht ihr, taba rasula mit diesen Ele-
menten!«

Da begriffen sie, dass der Strupf ein Ele-
ment war. Da begriffen sie, dass »taba rasula«
mit ihm sein müsse und dass er noch Glück
gehabt hat, so wegzukommen. »Wir haben
einen KZ-ler hier, und wir dulden keine Ele-

mente!«, rief der Flatt und sprang hinaus auf die Straße. Wir folgten ihm, trotz Ausgehverbot, und soweit ich mich erinnere, war dies in Monstetten das erste Aufbegehren freien Bürgertums gegen eine Verordnung, dass wir besoffen dem besoffenen Flatt auf die Straße folgten und die noch vorgeschriebene Verdunkelung von den Fenstern rissen, während Elsgund die Außenbeleuchtung einschaltete. Wir standen alle vor dem Haus und sahen – Fred und ich überhaupt zum ersten Mal – den giftgrün gemalten Hut auf dem Eisenschild von zwei Glühbirnen beleuchtet über der Straße hängen. Ein Maikäfer flog ihn an, ratschte sich krachend an der Kante die Flügel ein und trudelte navigationslos aufs Pflaster vor Flatts Füße, der ihm einen schnellen Tod gönnte. Wir schauten hinauf zu dem grünen Hut und schrien »bravo!«, als hätten wir in diesem Zeichen gesiegt. Aber es war ja auch ein Sieg, wie sich herausstellen sollte. Flatts Sieg, geheim noch und vielleicht nicht einmal von ihm selbst erkannt, kündigte sich an.

Auf der Straße röhrten noch immer in größeren und kleinen Kolonnen leichte und schwere Waffen Richtung Ulm. Aus Panzertürmen grinsten sie unter Kunststoffhelmen, winkten sogar, Weiße und Schwarze, wobei wohl die Dämmerung bewirkte, dass die Schwarzen mit helleren Mündern, die Weißen aber mit dunkleren Mündern grinsten. Sie grinsten und taten die Schleusen des Krieges auf. Kaugummis, Nescafé-Beutel und Kondompäckchen flogen zu uns her, auch brennende sowie unangerauchte Zigaretten. Fred und ich tummelten uns, die Nasen am Boden wie Suchhunde, und achteten nicht auf den alten Flatt, der, die Würde des Besiegten hochhaltend, rief: »Nicht bücken! Erst, wenn sie weg sind!« Eine Zigarette fiel ihm vor die Füße und glomm dort weiter, aber er trat sie nicht aus wie kurz zuvor den Maikäfer. Jedoch wartete er, bis der Jeep, aus dem der Glimmstängel gefallen war, die Kurve erreicht hatte. Dann hob er ihn auf und rauchte und sagte zu dem vom Gaswerk: »Die kann man nehmen. Ich hab's genau gesehen. Die war von keinem Neger.«

Die Sperrstunde war längst vorbei. Noch kam niemand und verscheuchte uns. Fred hatte siebzehn Zigaretten und zwölf Päckchen Kaugummi. Ich hatte über zwanzig Zigaretten, die der alte Flatt mir abnehmen wollte, aber ich sagte: »Alle von Negern«, sodass er mir nur die ungerauchten abnahm. In der Luft schwamm der Geruch von Natrongebackenem und Waffenöl, DDT-Pulver, Menthol und Benzin, der ganze Gestank der Freiheit, den Fred und ich einschnupperten wie Kerzenduft am Weihnachtsabend, während Elsgund drinnen auf der Fensterbank hockte und nicht herausdurfte, sondern alles, was sie hinaustrieb, mit Busen und Hintern niederhielt, ein massiger Briefbeschwerer ihrer eigenen Lust. Aber sie wagte nicht, nach draußen zu kommen, denn der alte Flatt hatte ihr vor dem Einmarsch zwanzig mit dem Rohrstock angedroht, wenn sie einen Ami anschaue, und zwanzig auf den Nackten, wenn's ein Neger wäre. »Vorbei die Knechtschaft!«, schrie der alte Flatt, »wir haben einen KZ-ler!« Da erst merkten wir, dass Knobel immer noch drin in der Gaststube saß, und wir gingen wieder hinein.

Er war aber nicht mehr da. Und Flatt brüllte seine Tochter an: »Da haben wir einen vom KZ in unserer Mitte, und du – du lässt ihn einfach laufen!« Elsgund jedoch hob den Riesenbusen vom Tisch, ließ sich von ihm zur Küchentür steuern und machte sie auf. Da sah man im trüben Licht der Küchenlampe Knobel auf der Mehltruhe liegen. Er lag auf dem Rücken und schlief, die wimpernlosen Augen hinter viel Dioptrien geschlossen, das Kinn auf die Brust gesunken, weit aufklaffend der Mund, den er wachend so sparsam zugehalten hatte. »Er schläft«, sagte der vom Gaswerk. »Das passt«, sagte Flatt, »könnt ihr gleich mal nachschauen. Vielleicht hat er ein Papier bei sich. Die, wo aus dem KZ kommen, haben ein Papier vom Ami. Das möcht ich gerne sehen.« Aber keiner machte einen Schritt auf die Mehltruhe zu, auf der Knobel lag wie das Kind in der Krippe auf dem Relief im Katharinendom, denn auch dort hatte die Krippe keine Vertiefung, sondern war einfach ein Deckel, über dessen Ränder die Füße des Kindes hingen.

»Oder schaut wenigstens da in dem Papp-ding nach«, sagte Flatt und deutete auf den Koffer, den Knobel dicht neben sein Lager gestellt hatte. Da aber Knobel trotz offener Mundstellung und brettsteifer Lage so gut wie nicht schnarchte, da er in seiner Reglosigkeit auf dem schmalen Truhendeckel mit nichts als mit dem eingewinkelten Unterarm unterm Kopf eher wachsam als entrückt wirkte, rührten sie weder ihn noch den Pappkoffer an. »Klein ist der«, sagte Elsgund, die selten mehr sagte als das, was stimmte. Der ganze Knobel hatte auf dem Truhendeckel Platz, nur die schwarzen Ponyhufe standen über.

»Klar ist der klein«, sagte der alte Flatt, »die Kleinen ham sie ins KZ gesteckt und die Großen zur SS.« Das war nun selbst dem Stinker vom Gaswerk zu blöd, sodass er Flatt angrinste und sagte: »Wieso warst du dann nicht im KZ und ich nicht in der SS?«, womit er aber beim Flatt an den Falschen kam: »Grad du musst reden. Fahrzeugwart beim N.S.K.K. gewesen und jetzt Negerkippen rauchen.« Die Nasenlöcher des Stinkers schwenkten ins Ziel wie die Zwillingstorpedorohre eines Zerstörers. »Aha, und wer hat's dem Ortsgruppenleiter seinerzeit gesteckt, dass sie im *Weißen Ross* schwarzhören?« Bevor der Stinker aber das zweite Rohr abfeuern konnte, hatte ihm schon der alte Flatt die eine Hand auf den Mund, die andere zärtlich um die Schulter gelegt. »Schon gut, Stinker, lass gut sein. Wir sind alle Deutsche.« Er schob den Stinker hinaus in die Wirtsstube und nahm die Hand erst von dessen Mund, als er sicher war, dass der Stinker ihn zum Schnapsgenuss und nicht zu neuen Anwürfen gebrauchen würde.

Wir waren am letzten Achtel des Zwei-Liter-Kolbens und vergaßen den schlafenden Knobel. Der vom Gaswerk hatte die Hand auf Elsgunds Knie und operierte am Rocksaum, umsichtig und fürs Erste klug allzu auffälligen Terraingewinn vermeidend, während Flatt umständlich richtigstellte, dass der Kreisleiter von der Schwarzhörerei im *Weißen Ross* längst gewusst habe und nur nicht eingeschritten sei, weil er – Flatt – sich ausdrücklich für des Rosswirts nationale Gesinnung verbürgt habe. Dass freilich der Kreisleiter dann seinen Stammtisch in die *Traube* verlegt habe und nicht in den *Grünen Hut* – welchen Gaststättenbesitzer hätte das nicht geärgert? Nun ja, wie man sehe, habe auch das sein Gutes gehabt. Des Stinkers Hand war nun doch so weit vorgedrungen, dass Elsgund beeindruckt »meine Güte« sagte und sich der alte Flatt auf diplomatische Schritte besann, die einerseits den Leumund seiner Tochter, andererseits das gute Einvernehmen mit dem Stinker gewährleisten würden. Dieser Aufgabe entledigten ihn aber laute Schläge an der Tür.

Sie waren eigentlich nicht laut, sondern vielmehr gedämpft, von grazilen Ami-Sturm-gewehrkolben, eher dezent und nur deshalb für uns laut oder doch gefährlich klingend, weil unsere Ohren sich in den letzten Wochen vom Wehrmachtslärm der Karabiner 98, der Stahlhelme und genagelten Knobelbecher ent-wöhnt hatten und inzwischen scharf eingestellt waren auf die hinterhältige Geräuscharmut von Gummisohlen, von kunststoffbedingter Zweckmäßigkeit an Helm und Gerät. Die Lei-sen pochten also an die äußere Tür, und wäh-rend der alte Flatt aufstand, klatschten schon draußen drei helle Schüsse in das Eisenschild des *Grünen Huts*. Heute steht längst fest, dass diese drei Schüsse Flatts Sieg einläuteten. Heute weiß das jeder. Damals aber waren die Lippen plötzlich weiß, und des Stinkers Hand hatte den Vormarsch auf Elsgunds Strumpf-saum längst abgebrochen, als die zwei Militär-polizisten Flatt in die Gaststube stießen und an der Tür stehen blieben, die Sturmgewehre im Anschlag, nicht anders, als seien sie die erste Vorhut auf einem von feindlichen Waffen star-renden Kontinent.

»Good bye«, sagte der Stinker mit unsicherer Stimme, denn es war das einzige englische Wort, das er kannte, jedoch brachte ihn die entsetzliche Maulschelle, die ihm darauf der eine Amerikaner versetzte, sofort zu Bewusstsein, dass es unangebracht gewesen sein musste. Es war eine Ohrfeige, unvorhersehbar schnell und mit bemerkenswerter Präzision aus dem Handgelenk geschlagen, vom Schulstandpunkt her genau an der Grenze des pädagogisch Erlaubten und doch völlig ungefährlich. Keinem unserer Spezialisten am Gymnasium war so etwas je geglückt. Und sie verbreitete in der Wirtsstube jene Mischung aus Betroffenheit, Hochachtung und unerklärlicher Heiterkeit, die nur dem ganz und gar Gelungenen gegenüber möglich ist.

Der alte Flatt brach in beifälliges Gelächter aus, und auch die beiden Militärpolizisten lachten, was aber nicht hinderte, dass wir uns in einer Reihe mit dem Gesicht zur Wand aufstellen mussten und von dem Maulschellenexperten auf Waffen durchsucht wurden. Elsgund wurde nicht durchsucht, und nur Elsgund weiß, ob ihr das recht war. Sie fanden bei uns keine Waffen, aber die Kondompäckchen, die Nescafé-Beutel, die Kaugummis, die Zigaretten, sie fanden kurzum Eigentum der Ihren, und aus den Worten, die die beiden wechselten, ging selbst für Freds und meine Schulenglischkenntnisse klar hervor, dass sie uns auf der Stelle dem Ortskommandanten vorführen wollten.

Sie hatten aber nicht mit Flatt gerechnet. Wir anderen auch nicht. Man rechnete nie mit Flatt, gerade, wenn er seine größten Momente hatte. Flatt bekam plötzlich seine feierlichen Augen, wie man sie kannte aus den Tagen, da er mit großer Geste zum Radio deutete und mit den Worten: »In drei Minuten spricht der Führer!« jedes Wirtshausgespräch verhungern ließ. (Dennoch war der Kreisleiterstammtisch in der *Traube* gewesen.) Flatt also machte die feierlichen Augen, lockte den Ohrfeigenkünstler, der Joe hieß, mit krummem Zeigefinger zur Küchentür und öffnete sie mit der behutsam geheuchelten Innigkeit, die alle Eltern so vollkommen beherrschen, wenn sie die Kinder am Heiligen Abend ins Weihnachtszimmer lassen. Das Weihnachtszimmer tat sich auf. Dort lag Knobel in unveränderter Stellung auf dem Mehltruhendeckel. Ein uraltes Kind in der Krippen. Ein Brandgeruch.

Ein Schauerhauch aus Gruben und Baracken. Da lag er in unproportionierter Kurzgliedrigkeit – man hatte ja immer bei seinem Anblick den undeutlichen Eindruck, er sei zerstückelt und dann wieder ungenau zusammengeleimt worden, obwohl er, mindestens äußerlich, komplett war –, da lag er, die Ponyhufe über dem Truhenrand, den vertrockneten Speichelrändermund über lückenhafte Zähne gewölbt. Knobels Mund – fällt mir dabei ein – war nie rot. Und da es rote Münder überhaupt nur in Märchen und Farbfilmen gibt, so war Knobels Mund nicht einmal blassrosa, lila, herzkrankblau oder einfach fleischfarben. Knobels Lippen waren braun, zwei glasierte braune Krusten. Und wenn sie sich zum Zwecke des Sprechens oder der Flüssigkeitsaufnahme teilten, war es immer, als breche eine Narbe auf.

Die Narbe klaffte wild. Knobels Lippen lächelten, was nur heißt, dass die Narbenränder leidlich nach oben gebogen waren. Und dann sahen wir, als unter Flatts feierlichem Winken die beiden Amis, immer noch den Finger am Abzug, im Weihnachtszimmer links und rechts Position genommen hatten, dann sahen wir, dass Knobel nicht mehr schlief. Er hatte die Augen weit offen. Vielleicht war er aufgewacht, als die Schüsse fielen, vielleicht hatten geträumte Schüsse, an denen Knobels Träume sicherlich keinen Mangel litten, ihn geweckt. Mit nach innen gestülptem Blick sah er uns an. Er hatte zum zweiten Mal in seiner Monstettener Vorhandenheit den Trick gelandet, den ihm keiner nachmacht: alles ansehen, Küchentafelung, uns, Amis, Elsgunds zweimotorige Ausbuchtungen, Fliegen am Fettfilm über dem Ausgusssieb des Spülsteins – und zugleich dies alles mit reglosen Augäpfeln hintüber reflektierend auf eine Projektionsfläche, die unserem Blick verwehrt war und auf der sich – gerade deshalb! – unsägliche Dinge abzuspielen schienen.

Er lag da und glotzte. Aus unvorstellbarer Tiefe angeschwemmt auf diesen Küchentrog, ein Zwittertier, zwischen Ozean und Festland geboren, von Flut hergeschaufelt, von Ebbe nicht abgeholt, über Riffe geschunden, und nicht gefragt, was besser für ihn sei: Land oder Meer. Doch atmete er regelmäßig.

Der alte Flatt aber wusste all dies zu deuten. Er streckte wie Joseph zum Kind die demütigen Arme hin und sagte: »He, KZ.« Er zeigte weisend, preisend auf den Mehltruhendeckel, beugte die Arme noch tiefer und rief: »He my friend! He KZ!« Sein Blick forderte Könige an und Weihrauch und Myrrhe, und siehe: Die Amis ließen die Sturmgewehre sinken, gingen Schritt für Schritt auf Knobel zu, unter Flatts Gebärde fast schon mehr Hirten als Krieger, auf der Lauer zwar noch, aber auch schon auf Knien, Wachsamkeit gegen Andacht tauschend. Hirten aus Texas.

Der Ohrfeigenspezialist hatte zwar noch die Idee, dass KZ-Zugehörigkeit sich durch Tätowierungen in der Gegend des Handgelenks erweisen ließe. Aber Knobel glotzte derart, dass Joe sich nicht traute, seinen Hemdärmel nach oben zu stülpen. »I mean, this is really …«, sagte Joe und stellte das Sturmgewehr in die Küchenecke. »I mean, we could do with a break.« Und da war es gewonnen. Elsgund hob schon vom Dielenboden ab, relativ leicht, eine Ju 52 auf Leerflug, und der alte Flatt zuckte wie Jagdschutz zwischen Keller, Küche und Schuppen umher. Wer diese Geschichte in gegenwärtigen Jahren erzählt, tut sich schwer, anschaulich zu machen, wie schnell damals im Ernstfall und ohne Bestellung bedient wurde. Elsgund klatschte fast ohne Landebahn mit je zwei Fleischbüchsen unter den Tragflächen auf dem Küchenboden.

Noch ehe Joe sagen konnte: »We're not supposed to …«, hatte er einen Teller voll eingemachtem Stallhas unterm Kinn, und Flatt schrie: »Kannni à la msisong!«, während Fred übersetzte: »He means: rabbit!«

Die Hirten aus Texas schnüffelten noch hart überm Tellerrand, als schon Flatt beidarmig in die Zwischenräume zwischen Teller und Münder die Schnäpse schoss. Und er traf. Traf vier-, fünfmal mit jeder Hand, schoss fast ohne Unterbrechung einen halben Kolben leer und rief währenddessen zum Stinker hinüber: »Da siehst du, was ein Schentlemann is, du Arsch!«

Es war, wie Fred später sagte, eine ambiplexe Situation. Niemand in Mondstetten wird je begreifen, was ambiplex ist, aber wenigstens habe ich verstanden, dass um Knobels Mehltruhe herum ein Gelage wütete, das er zwar ermöglicht hatte, in dessen Zentrum er aber unbeteiligt und freilich auch uneinbezogen auf dem Holzdeckel lag.

Elsgund landete und startete unermüdlich. »Mehr solche Maschinen«, sagte Siegbert aus der unteren Stadt, »und sie hätten alle aus Stalingrad rausgeschafft.« Er sagt es und hat den Blick auf Elsgunds Kimme, die eben wieder abhebt, und will schon den eigenen Worten nachlachen, wie's jeder tut – da fährt der Knobel von der Truhe auf und schreit: »Sagt da einer rausschaffen?« Und blickt sich um. Und als augenblicklich Stille herrscht, schreit er weiter: »Rausschaffen?« Elsgunds siebzehnter Flug stoppt in der Luft. Die Texaner heben die Beine, die in der Landebahn liegen, nicht. Sie geht auf Umkreisung. Der Stinker späht nach dem Ausgang, der alte Flatt nach dem Holzknüppel, der seit der »Kampfzeit« unter der Theke liegt, rechts, neben dem Notknopf. Knobel, auf Ellbogen gestützt, die Ponyhufe angezogen, viel Dioptrien und zum Teil Gesplittertes vorm Auge, Knobel ruft den Deckenbalken zu: »Reinschaffen habt ihr gekonnt. Scheffelweis. Rein geht's schnell. Aber raus! Schafft euch mal raus aus dem Scheiß!«

Nun ist der Flatt in solchen Fällen schnell und beugt sich über die Truhe und sagt: »Du bist doch raus!« Und freut sich über Knobels Freiheit mehr als dieser, und wenn es vorher nötig war, Schnaps zu schießen, weiß er doch

141

auch, dass Schnaps geträufelt werden kann, ein, zwei und drei Glas. Und dann ist der Knobel ruhig. Und schon vom Teller, den Elsgund längst auf Abruf kreisen lässt, nimmt er nichts mehr, sinkt hintüber, schließt die Augen, vernimmt aber meiner Meinung nach noch Flatts Worte zu Elsgund: Zimmer 3, vorläufig, das vom Geschwaderchef.

undatiert, um 1970

Muschke und das
Leid der heißen Tage

Kaum wird der Sommer richtig heiß, fällt mir Muschke ein, zuverlässig, wie auf Verabredung, Jahr um Jahr: Muschke, allgemein »Muschi« genannt, oder ausführlicher: »Muschi, der Wischer«, damals Hilfskraft im städtischen Hallenbad, zuständig für die Sauberkeit der Umkleidekabinen, Barfußzonen und Duschen des Herrentrakts, ein Pflichtmensch, mehr noch: ein Mann mit dem Talent zur Hingabe, erkennbar am Glanz in seinen blaubraun gesprenkelten Augen, wenn er Kernsätze seines Daseins aussprach, etwa: »So lang ich hier wirke« (tatsächlich, er sagte »wirke«!), »holt sich in diesem Trakt keiner einen Fußpilz!«

Unauslöschlich: Muschke. Mögen andere, ungleich wichtigere Personen meinem Gedächtnis entschwunden sein, abgesunken

in den Moder der Jahre, vergilbt, verrottet –
Muschke, ausgerechnet Muschi, die absolute
Randfigur, leuchtet wie neu herauf aus dem
dunkelgrünen Grund jener Sommer: klein,
von sanfter Rundlichkeit und freundlichem
Blick unter spiegelnder Stirnglatze, täglich
makellos weiße Dienstkleidung, Polohemd
mit Stadtwappen, Leinenhosen, die zierlichen
Füße nackt in Holzsandalen, die er mit einer
einzigen Bewegung abschüttelte, wenn er sich
auf »Kontrollgang« begab und lautlos, lau-
schend durch den Kabinengang schlich, im
Blick dann nichts Freundliches mehr, sondern lauernde Schärfe, indianerhaft, kriegs-
pfadmäßig, gierig nach Feindberührung, bald
jedoch übergehend in Trauer, ja Verzweiflung: Vergeblichkeit. Ach, Muschi – durch den
Wärmeschleier so vieler Sommer hindurch
rührt mich heute noch dieser Blick: Du hattest
nie eine Chance …

Es ging um Pornografie, Sudelkunst der pri-
mitivsten Art, naiv und vollkommen scham-
frei, daher im Grunde auch unschuldig – ein
Gedanke freilich, der Muschke damals fremd
geblieben sein dürfte. Es ging um die empö-
renden Kritzeleien an den Innenseiten der

hölzernen Kabinentüren, »Kunstwerke«, wie Muschke sie in bitterer Ironie nannte, üppigst ausgestattete, eindeutig posierende weibliche Akte, mit Messern, Kugelschreibern oder Schlüsseln unterschiedlich tief eingeritzt, schwierig oder gar nicht mehr zu tilgen, eine einzige Galerie der Unzucht, deren Bestände, wie Muschke versicherte, deutlich anwuchsen mit steigenden Hitzegraden, während die Produktion bei kühlerem Wetter nachließ, übrigens auch dezenter ausfiel. Es musste also ein tiefer Zusammenhang zwischen meteorologischem Geschehen und Kunstwillen bestehen, weswegen Muschke die wechselnden Zeitungsmeldungen über die erwartbare Entwicklung des Weltklimas mit schüchterner Hoffnung oder düsterem Fatalismus kommentierte, je nachdem, ob die Wissenschaftler eine neue Eiszeit oder tropische Verhältnisse prognostizierten, aber wahrscheinlich – so schloss er solche Betrachtungen ab – sei ja mit derart globalen Veränderungen innerhalb seiner »Amtszeit« ohnehin nicht zu rechnen.

Kurz- bis mittelfristig richtete sich Muschis Hoffnung ganz darauf, einen, wenigstens einen einzigen dieser »Künstler« auf frischer

Tat zu ertappen und der Bäderverwaltung zwecks Einleitung juristischer Schritte melden zu können. Ein solcher Erfolg hätte angesichts von Muschkes schwindendem Ansehen höheren Orts bitter notgetan. Von Jahr zu Jahr beklemmender wurden ihm die Visiten der städtischen Inspektoren: zwei anthrazitgraue Herren, die schweigend die Reihe der obszönen Bildwerke abschritten und vor den krassesten Monumenten feilgebotener Fleischlichkeit in nachdenklicher Betrachtung verweilten ... »Und dann«, klagte Muschi, »schauen sie mich an, keiner sagt was, kein Wort, nix, aber der Blick, sag' ich Ihnen – als ob ich die Schweinereien selber gemalt hätte!«

Heiße Tage. Muschi wischte, schrubbte, scheuerte, polierte, hielt Böden, Spiegel, Dusch- und Fußdesinfektionsanlagen im Zustand einer fast schmerzhaft blitzenden Sauberkeit, kam aber seinem Ziel, der Herstellung von Reinheit in einem höheren Sinne, keinen Schritt näher. Er schlich, lauschte, äugte, verbrachte gar die Brotzeitpausen lautlos mampfend auf Horchposten, doch dröhnten von der Liegewiese her die Rasenmäher durch die offenen Türen der Schwimmhalle herein, und die Beschallungsanlage schüttete anhaltend Akkordeonklänge über dem Badebetrieb aus, indessen die Künstler leise arbeiteten und Frauengestalten von bestürzender Ausdruckskraft hervorbrachten.

Muschi litt. Oft sprach er von einem Vetter, den er in Ulm hatte. Der war in einer Tierkörperverwertungsanstalt tätig. »Man stinkt dort zwar ziemlich«, sagte Muschi, »aber man sieht doch wenigstens einen Sinn ...«, aus Kadavern werde Fett, Seife, Dünger und sonstig Nützliches, während hier im Stadtbad ein Sommer um den anderen in sinnloser Schande dahingehe. Deprimiert deutete er auf ein neu entstandenes Türenbild, die Rückansicht eines unglaublichen Weibs, spreizbeinig kniend, überflüssigerweise ihren Daseinszweck auch noch per Sprechblase mitteilend, Befehlsform, zwei kurze Wörter. »Schauen Sie sich das an, so was kann sich ein anständiger Mensch doch nicht ewig gefallen lassen!« Da begriff ich, dass Muschke die schamlosen Angebote der Türenluder speziell auf sich bezog und sich von ihnen persönlich belästigt, bedrängt, womöglich korrumpiert fühlte.

Er *Oliver Storz*

Er könnte es doch, schlug ich ihm gelegentlich vor, mit Stichproben versuchen, so »aus Versehen« mit lautlos eingeführtem und blitzschnell gedrehtem Hauptschlüssel in diese oder jene Kabine platzen – »alles schon probiert«, winkte Muschi traurig ab: peinlichste Situationen, »ertappt« habe er nur ehrenwerte Mitbürger bei seltsamen, aber nicht verbotenen Tätigkeiten, man stünde dann saudumm da mit seinem Verdacht, während ganz woanders der schändliche Bilderreichtum wachse. Anfangs habe er ja auch die Illusion gehabt, man könne einem Kritzler schon beim Hereinkommen am Gesichtsausdruck seine künstlerisch-abartige Neigung ansehen, aber weit gefehlt: Zwar sehe man viel an Gesichtern, und manche Mitmenschen trügen ganze Romane per Mimik mit sich herum, aber ob einer die Absicht habe, ein Weib mit Irrsinnsbrüsten ins Türholz zu graben, das sehe man leider nicht, »und so geht's eben dahin«, sprach Muschke.

Seinen ursprünglichen Gedanken an Aufstieg hatte er längst fahren lassen, den Traum, eines Tages aus der neonfahl beschienenen Souterraintiefe der Duschen und Kabinen em-

porzusteigen ins Sonnenlicht der Schwimmhalle und als Bademeister zu regieren – ach,
schon davon zu träumen war vermessen für
einen, den sie Muschi, den Wischer, nannten.
Er musste froh sein, sich unten im Schatten-
reich behaupten zu können, selbst seinem be-
scheidenen Wunsch, ein Schildchen mit dem
Aufdruck »Badewart« am Polohemd tragen
zu dürfen, hatte die Verwaltung zu ihrem
Bedauern nicht stattgeben können.

Droben aber im Licht: Furtwängler! Wie der
Bademeister wirklich hieß, habe ich längst vergessen, für mich trug er nur den berühmten
Dirigentennamen, nicht nur, weil er der Erscheinung nach an den Pultstar erinnerte: die
hohe, hagere Gestalt, die tief liegenden Augen,
das kahle Haupt mit dem Haarkranz, der bei
günstigem Lichteinfall silbern leuchtend aus-
fächerte – es war vor allem die ruhige Autorität, mit der er die Halle – nun ja – dirigierte.

Mädchenschulklassen vergackerten ängst-
lich, wenn Furtwängler die Arme hob. Die
Stille, die er schuf, indem er mit einem ange-
deuteten Auswärtsrichten der linken Hand-
fläche die Ein-Meter-Springer zurückhielt, mit
knappem Abwinken der Rechten die poten-

ziellen Seiteintaucher versteinerte – diese
Stille ließ Furtwängler bis fast ins Unerträg-
liche wachsen, doch dann entfesselte er die
Symphonie, gab den Drei-Meter-Springern
den Einsatz, ließ kühn drei Butterflyer durch
das Seerosenmuster eines Kunstschwimmver-
eins pflügen und wagte es auch noch, einen
Schwarm winziger Schwimmlehrlinge mit hell
schimmernden Brettchen vor der Brust ins Un-
gewisse zu schicken. Gleichzeitig lotste er eine
Flottille selbst tragender Matronen auf siche-
rem Kurs und fand noch Zeit, ein Liebespaar
zur Ordnung zu rufen, das sich an der Über-
laufrinne auf unstatthafte Weise ineinander
verschwommen hatte – fraglos: Den Mann
umwehte ein Hauch von Ingenium, und wenn
man nun selbst eintauchte in die von ihm
erschaffene Szene wilder Harmonie, Längsbahnen schwamm im Spannungsgefüge von
Ordnung und Chaos, hatte man das Gefühl,
Teil eines Kunstwerks zu sein.

Der Sommer biss nun mit einer Hitze um
sich, als habe er etwas zu verteidigen. Die Rasenmäher dröhnten. Die Kerle kritzelten wie
wahnsinnig. Muschke lauschte, schlich, fasste
keinen. Gelegentlich stieg er hinauf in den Vor-

raum der Schwimmhalle und äugte durch das Panoramafenster zum Horizont, wo ferne Gewitter ihre Löwenhäupter reckten, aber nicht näher rückten.

Es kam vor, dass Furtwängler und Muschi sich dort begegneten, was mir schmerzlich war zu beobachten: Der Große in Weiß (als einziger Stadtbediensteter mit Bügelfalten in der Hose) sah den Kleinen in Weiß nicht, womit nicht gesagt sein soll, dass der Meister den Putzknecht aus der Unterwelt hochmütig ignorierte, vielmehr sah er ihn wirklich nicht, Muschis Gestalt (ach ja, eine Null in Weiß) schien Furtwänglers Sehnerv schlechterdings nicht zu affizieren. Und in mir stritten sich die Gefühle. Ich litt mit Muschi, und ich bewunderte Furtwängler, Regungen, die ja nicht unvereinbar gewesen wären, und doch fühlte ich mich – von wem oder was? – zur Entscheidung gedrängt: Was wog schwerer in mir, Menschlichkeit oder Verführbarkeit durch Kunst?

Drückende Tage, Ärger: Man kommt zum Schwimmen und sieht sich konfrontiert mit Menschheitsfragen – im Stadtbad! Furtwängler hoch aufgereckt, wie immer an Startblock drei, ein Knie aufgestützt, die Arme zum Ein-

satz erhoben, weithin zitternd sein leuchtendes
Spiegelbild im türkisfarbenen Chlorwasser,
ein Monument des ästhetischen Immoralis-
mus, und drunten in der ewigen Dämmerung die geschundene Muschke-Kreatur, die-
nend, wachend, trauernd – es ist ungerecht.
Darf Schönheit sein angesichts des Leids? Wer
mochte schon solche Fragen Längsbahnen
schwimmend beantworten?

Linderung brachte dann Elli, die Kassen-
dame. Sie war hübsch, rund und bedürftig,
wie man munkelte, da ihr Mann, ein begehr-
ter Klavierstimmer, sich ständig »auf Tour-
nee« befand. An heißen Tagen trug Elli nur
eine weiße Kittelschürze mit wenig darunter.
Wenn sie sich zum Fach mit den Leihbade-
kappen bückte, zeichnete sich das Wenige in
schön geschwungenen Bögen auf ihrem statt-
lichen Hintern ab, hochromanisch sozusagen,
eine Sehenswürdigkeit. Furtwänglers Blick
ruhte oft anerkennend darauf, wenn er seine
Zigarettenpause im Kassenraum verbrachte.
Auch Muschke schaute hin, wenn er gelegentlich heraufkam, um den Kunden Wechselgeld
für den Föhnautomaten zu besorgen.

Muschi schaute aber anders hin als Furtwängler, andächtiger wohl, mit einer gewissen Ehrfurcht vor dem Naturschönen nach all den scheußlichen Überzeichnungen an den Kabinentüren. Wie ich hinschaute, weiß ich nicht. Einmal aber vereinte uns der Zufall (will man es nicht Fügung nennen) zur gemeinsamen Betrachtung von Ellis Hinterpartie. Ich war gerade vom Parkplatz hereingekommen, Furtwängler befand sich schon im Kassenraum, und Muschke näherte sich von der Souterraintreppe her. Da bat ich, was sachlich an diesem Tag sogar begründet war, um eine Leihbademütze, und Elli bückte sich ausführlich, um etwas Passendes für mich zu finden ...

Es war gewissermaßen ein ontologischer Augenblick: Wir drei Männer, die wir in diesen Ewigkeitssekunden nur noch Anwesende, Schauende ohne Namen, Rang oder Zweck waren, hingegeben ans reine Sein, das sich einen glückhaften Moment lang unverborgen zeigte (sich »entbarg«, hätte Heidegger gesagt), indem es Gestalt annahm als Hinterteil einer Kassendame. Und mir wurde wunderbar leicht. »Ja«, hätte ich sagen können. Ja zu allem, nicht anders als Molly Bloom am Schluss des *Ulysses*: »Ja.«

Seit diesem unvergesslichen Augenblick habe ich Muschi und Furtwängler nicht mehr gesehen. Mein Beruf führte mich für zwei Jahre ins Ausland, und bei meiner Rückkehr erfuhr ich, dass Muschke gekündigt und Furt-wängler einen leichten Schlaganfall erlitten hatte, »am Pult« quasi, während er die Halle dirigierte. Es habe sich, meinte die Kassen-dame, eine gesundheitliche Störung bei ihm schon Wochen vorher dadurch angekün-digt, dass er anfing, die Trillerpfeife zu benut-zen, was in seinen guten Zeiten tief unter sei-ner Würde gewesen wäre. Nun befand er sich im Vorruhestand und pflegte liebevoll seinen Gemüsegarten. Einen Furtwängler, der Salat-köpfe und Tomatenstauden dirigierte, mochte ich mir nicht näher vorstellen.

Nachdenkenswert blieb mir Muschkes Kündigung, denn die hatte er eingereicht, so die Kassendame, nachdem die Bäderverwal-tung die Kabinen des Stadtbads mit glattem, hartem Kunststoff hatte auskleiden lassen, was die Gestaltungsmöglichkeiten der Kritzler empfindlich eingeschränkt, wenn nicht gänz-lich zunichte gemacht hatte. Für die Künst-ler muss es hart gewesen sein – wohin mit so viel Ausdruckswillen? Muschke aber müsste gejubelt haben. Stattdessen war er gegangen, oder, ganz gegenteilig: eben deswegen? Hatte der Feind ihm plötzlich gefehlt, die lautlose, wenn auch vergebliche Jagd im Dämmerlicht des Souterrains? Vielleicht hatte ihn auch der kalte bürokratische Eingriff gekränkt, mit dem die Behörde sein Problem gelöst hatte: Per Kunststoff war eine Last von ihm genommen, die er mit Hingabe getragen hatte und wohl auch mit dem Bewusstsein eines stillen, tragischen Heldentums. Wenn es so war, hatte sein Abgang Würde, und das ist nicht wenig für eine Randfigur, die sie immer nur Muschi, den Wischer, nannten.

undatiert, um 1975

Herbstliche Tröstungen

Ich sage mir, dass eine poetische Jahreszeit ist. Dann knöpfe ich das Wollfutter in den All- wettermantel, was Mühe macht und sich nur lohnt, wenn man auch wirklich geht. Zumin- dest drei Stunden. Ich sage mir, dass ich in einer schönen Gegend wohne. Viele halten sie für idyllisch. Manche sagen, sie an mei- ner Stelle gingen häufiger spazieren. Das trifft mich, denn für meine Verhältnisse bin ich viel draußen und unterstreiche das noch durch das Tragen von Leichtbergstiefeln. Trotzdem bleibt man natürlich der Stubenhocker, der man schon als Kind war. Wer damals Stuben- hocker zu einem sagte, meinte natürlich mehr. Etwa, dass aus Freiluftkindern die besseren Deutschen werden. Man sollte als Kind nicht so viel lesen, wenn man sich nicht schon früh verdächtig machen will. Es ist aber besser geworden mit mir. Heute liebe ich Landschaft wie andere Leute Brahms. Oft latsche ich stundenlang durch die Gegend, komme mir aber in Landschaft immer noch wie aus Versehen vor. Nur in Wildwestfilmen entwickele ich ein völlig zwangloses Verhältnis zur Natur.

Ein grüner Porsche muss das gemerkt haben und hält neben mir, noch habe ich nicht einmal das Nachbardorf erreicht. Will mich mitnehmen, befürchte ich, ist gar nicht auf die Idee gekommen, ich könnte ideell zu Fuß unterwegs sein, landschaftslüstern, ozongeil, ortsvertraut, vogelkundig, Wolken, Luft und Weiden und so weiter tief befreundet. Beleidigt winke ich schon ab, aber der junge Porsche will mich gar nicht einladen, will nur ganz eigennützig und schnell wissen, wie das Dorf dort drüben heißt und ob es in der Kirche eine Pietà gibt. Es gehört zum Programm einer Rallye mit heimatkundlichen Aufgaben. Ohne Madonna kein Sieg. Der Porsche ist auf heillos falscher Fährte, hat aber Glück, ist an den richtigen Mann geraten, denn ich weiß Bescheid, sage ihm einen listigen Querfeldeinweg, immer östlich, immer am Waldrand entlang, ein Hohlweg, eine Lichtung, ein Hügel, eine Kapelle, wird verschlossen sein wie immer, guckt man aber lang genug hinein, am besten mit dem Licht, durchs Westfenster jetzt, dann im Dämmer: die Pietà. Sie ist sehr klein und lächelt ein wenig. Der Porsche strahlt und brummt weg. Ich winke ihm nach, großzügig, leutselig, gern geschehen, schließlich bin ich nicht aus Versehen hier, ich gehöre hierher, ich bin Landschaftsbesitzer, ich sage östlich und Hohlweg und Lichtung, und das alles gibt es und ist genau da, wo ich sage. Der Porsche wird die Rallye gewinnen, und ich merke plötzlich, dass diese zwei Minuten ganz und gar köstlich sind. Ohne jeden Aufwand einfach Glück. Glück von erster Qualität, ganz preiswert. Aber das Rezept weiß man natürlich nicht vorher. Und es gilt dann immer nur ein einziges Mal. Es wird nie mehr auf laubbedeckter Landstraße unter Krähenschwärmen ein grüner Porsche halten und mich nach der kleinen Pietà fragen. Nie mehr.

Das Dorf ist völlig leer. Man könnte meinen, sie verstecken sich vor irgendwas. In den Ställen stampft das Vieh, klirrt mit den Ketten, möchte sich auch verstecken, kann aber nicht. Es ist etwas im Verzug, etwas Entsetzliches. Alle haben es erfahren außer mir. Das stelle ich mir jetzt öfters vor auf solchen Gängen: Es ist passiert, das Letzte, das Ende, der große Paukenschlag. Zwischen hier und zu Hause ist es geschehen, Finis mundi, ausgerechnet zwischen Hornstein und Ergertshausen. Wie viele Minuten sind's noch hin? Wie viele Schritte? Man schaut sich um und registriert, was man also als Letztes sehen wird: die Dorfstraße unter später Sonne, rot glühend ein paar Äpfel im schwarzen Laub, hinterm Zaun Phlox, Astern, Chrysanthemen in passenden Trauerfarben, dahinter aber an der Hauswand das uralte Zirkusplakat verkündet bis zuletzt die Sensationen des Kontinents. Das gibt's nur einmal. Ewig träumen Dromedare. Ewig ein Tiger im Sprung. Das kommt nie wieder. Melancholisch lächelnd die Dompteuse. Lässt die Peitsche sinken. Fern herauf vom Kloster im Isartal das Vieruhrläuten. Hoch im Föhn schwimmt lautlos eine Boeing – das war's schon. Ade.

Endlich am Dorfausgang eine menschliche Stimme, sehr bekannt, irgendwas von früher anregend, aber nicht zu erkennen. Wie viel Zeit noch? Das hätte ich ja gerne noch erfahren. Ich biege um die Ecke. In der Hofeinfahrt kehrt ein junger Bursche Mist zusammen. Auf der alten Jauchepumpe steht ein Transistorradio.

Da drin singt Hans Albers *La Paloma*. Das Ärgste kann nicht passiert sein. Das hätten sie im Bayerischen Rundfunk wohl doch gemerkt. Sing weiter, Hänschen. Wir haben noch Galgenfrist.

Hirtenland, dünn besiedelt, viel Kruzifixe und Madonnen an den Feldwegen. Wer fromm ist und genügend Gebete kennt, kann sich in Etappen bis ins Gebirge hineinbeten. Ich mag diese bäuerlichen, apfelbäckigen Marien. Sie haben oft ganz junge, ahnungslose Gesichter, sind sich ihres theologischen Ranges vollkommen unbewusst. In den Weidenbüschen spinnt sich der erste Dunst ein, aber der Himmel wird noch eine Stunde Riviera vortäuschen. Föhn. Bläue von der Art eines ganz bestimmten Zahnwehs, das so komisch prickelt, bevor der Schmerz kommt. Die Hügeldünung rollt von Süden an, die höheren Wellen bleifarben, über den Horizont kommen sehr nah die hohen Wogen herein, schwarztintenblau, mit leuchtendem Gischt. Wetterstein, Hochwanner, Zugspitzmassiv. Zwei Vögel lassen sich vom Waldrand her übers Kartoffelfeld hereinfallen. Müssen nach Farbe und Größe Habichte sein. Selten sehe ich sie zu zweit. Die Kolke aber im Gebirge immer. Die sind verbunden wie die Teile eines Mobiles. Ehepaare. Er fliegt voraus, dicht dahinter das Weibchen, mit synchronen Schwingenschlägen macht sie jede seiner Flugbewegungen mit. Kolke sind treu. Zu zweit haben sie mehr vom Leben.

Warum weiß ich so viel über Kolke? Warum weiß man so viel Unnützes? Warum weiß ich nicht, wie viele Tote es letzten Monat in Pakistan gab? Überhaupt das hier: Rauch von Kartoffelfeuern, farbiges Laub, das schon weichere Licht, die ganzen Gebärden des Sinkens – darf denn das stattfinden? Sind denn poetische Seelenlagen noch gestattet? Da und dort noch das Gerät des Sommers in den Wiesen, verlassene Heuwender, zweckfrei wie Metallplastiken, nur der Pflug geht noch hinterm verloren tuckernden Traktor, die Schollen glänzen, bereit für die Saat. Bald kommt der Frost. Vergänglichkeitsweh. Nichts, was Bewusstsein bildet, kein Gedanke an lohnabhängige Massen, ganz wenig Dritte Welt im Hirn. Nur Flötenlied, und nicht die Flötentöne, die man sicher noch beigebracht bekommen wird. So ein Herbstspätnachmittag aus Traumstoff der feinsten Qualität ist gesellschaftspolitisch nicht sehr relevant. Bukolisches Material bringt nicht viel bei in Richtung Fortschritt. Ich weiß. Viel Innenleben verschwendet sich auf einem Spaziergang. Wem der weiße Nebel wunderbar noch so aus den Wiesen steiget wie vor zweihundert Jahren dem Herrn Claudius, der wird vielleicht bald hohe Luxussteuern zahlen müssen.

Jetzt aber ist Atemanhalten angesichts von spielenden Elstern im Birkengehölz noch steuerfrei, und auch das Irrsinnsrot der Vogelbeere kostet nichts. Idyllischer Eskapismus. Wie ist die Welt so stille, Lyrik ist eine sehr bewusstseinsverengende Droge. Wie hat eigentlich Heine das gemacht? Gesellschaftliches Engagement und dabei ständig einen in der Krone vor Schönheitsdurst? Das ist hundertfünfzig Jahre her, gut. Und Benn, der immer drei Strophen mit wütendem Nihilismus füllte, um dafür in der vierten doch noch Rosen und Asphodelen streuen zu können? Auch wenn er sich in seinen Essays vor Zivilisationsekel schier erbrach, konnte man immer noch irgendwie *La Mer* dazu summen. Mitte achtzig wäre er jetzt. Seine Münze ist noch im Kurs: Statische Gedichte, Tristesse und Zypressen, Formstille, das Unaufhörliche, wunderschöne Münzen, aber die nächste Generation zieht sie endgültig aus dem Umlauf, wird laut sagen, was wir ja auch schon wissen: Der Gegenwert ist nicht mehr gedeckt. Wir, die Vierzigjährigen, sind nur noch Numismatiker. Bei exklusiven Klubtreffen tauschen wir die Münzen aus. Ein Hobby für Pensionäre.

Sterblichkeit bestimmter Musen. Wieso eigentlich überlebt Musik so mühelos? Meine Tochter ist vierzehn. Pop- und beatbesessen, aber neulich, als ich unvermutet ein *Brandenburgisches* auf den Plattenteller schmuggelte, hat sie doch sehr wach und fast betroffen gewirkt. Bald kommt sie in das Alter, in dem ich Rilke soff. Ich glaube nicht, dass *Blaue Hortensie* oder der *Panther* für sie mehr sein werden als Botanik und Zoo. Modeverschiebungen? Ich glaube, mehr. Ich glaube, dass die Verzauberungswörter schon weit auf dem Rückzug sind. Sprache als Genussgift ist vorbei. Die Silben ziehen sich wieder in die Dinge zurück.

Kunststoff wird löslich in Fakten; Nebel und Sonnenuntergang nur noch Auskunft der Wetterwarte. Die Valuta ist wieder ganz hart.

Der Heimweg wie immer durch das Moor, auf gelenkfreudigem Boden. Man geht wie auf einem riesigen Trampolin. Die Fußstapfen füllen sich hinter einem. Das »Knabe-im-Moor«-Gefühl. In der Lichtung drüben stehen Rehe, drei, vier. Wieso ist das eigentlich schön? Wer hat sich darauf wann geeinigt? Und was ist dann, wenn das schön ist? Was geht da weiter, was hört da auf? Wieso fällt da Welt von der Seele? Schein von Napalmbränden überm indochinesischen Dschungel ist auch schön aus der Ferne. Auch am Vorabend von Hiroshima trat irgendwo das Wild aus Aquamarinwäldern. Und schon vielleicht auf Taunushügeln schlief das Mondlicht süß in der Nacht, als Dresden starb. Ist Lyrik eine Frage geografischer Distanz?

Sterblichkeit bestimmter Musen, sehr alt gewordener. Unsere quietistische Bereitschaft zum Überwältigtsein durch Sonne, Mond und Sterne hat einige Jahrhunderte Massenmord gut überstanden, die Tradition des Abendlands hat uns geschult, sich mit einem Regen-

Oliver Storz

bogen über Auschwitz zu trösten. Ach, die Hirnzellen für das Sagbare, die Antennen fürs Ariose, wir bekamen sie kostenlos eingebaut. Jetzt aber wird ihre Instandhaltung allmählich teuer. Jetzt kommen welche, die mit Orpheus gar nichts im Sinn haben, ihre Drogen sind anderer Natur.

Als ich zur Kapelle komme, ist es dunkel. Die Pietà ist wieder einsam. Die Rallye ist vorbeigebraust. Der junge Porsche feiert seinen Sieg. Grüner Streifen am westlichen Himmel, spärliche Sterne darauf, einer von ihnen ist die Wetterstation auf der Zugspitze. Ich denke oft an den da droben, der die Luftfeuchtigkeit und die Zentimeter Neuschnee misst. Ich denke oft, ein so sachliches Verhältnis zur Natur würde einem viel Melancholisches ersparen, ganze Serien von Depressionen. Und so ein Herbsttag hätte ja dann auch nichts Kulinarisches mehr. Der Abend wird spät noch neunzig Minuten Western auf den Bildschirm spülen. Ich freue mich darauf. Da werden klare Verhältnisse herrschen. Da wird Friede sein nach dem Showdown.

erstmals erschienen in »Die Zeit«, 1970

Epilog

Das grüne Band

Ich bin, weil Weihnachten ist, doch meinem des öfteren diskutierten Grundsatz noch einmal untreu geworden.

Weihnachten 1948   Der Verfasser*

---

* Diesen Aufsatz hat Oliver Storz 1948 als Neunzehnjähriger für seine Mutter geschrieben. Der Text war nicht zur Veröffentlichung bestimmt. Weil er jedoch die Ambition des Verfassers verrät und thematisch auf die späteren Texte verweist, ergänzt er den vorliegenden Band.

Heute glaube ich, er war richtig schön, ja, er
war ein schöner Knabe, und ich sehe ihn
noch, wie er damals, fremd und neu irgend-
woher gemacht vor uns im Klassenzimmer
stand. Ein Dunkelhäutiger, kleiner Kerl
mit hellen Zähnen und pechschwarzem Haar.
Von meiner rechten Bank aus sah ich, daß er
schmutzige Fingernägel hatte und zeigte das
meinem Nachbarn. Der hatte darüber auch einem anderen Freund denken wieder, und
weiter drüben, in der anderen Ecke, bogen
man über die Neuen, die er ein Stelle
von Neugierigen in dem Städtchen hatte.
Das kaufen waren noch ungeübt, richtet-
e noch zwischen umsprochen wortgebotenen
Ländern von Bank zu Bank, es war ge-
zusprechen noch kein offizielles Klassenge-
lüster, wie es allgemein, unverhohlen
und unter stiller Förderung des Lehrers
der Dame plötzlich, zu weisen und
zu brechen pflegten. Der Polizist, der dem jungen
Zigeuner gebracht hatte, sprach noch der und
sprach mit dem Lehrer. — Eigentlich war
nichts geschehen, außer, daß ein Zigeunerjunge, dessen Familie seßhaft geworden
war, jetzt von der Polizei aus die Schule

Das grüne Band*

Heute glaube ich, er war richtig schön, ja, er war ein schöner Knabe, und ich sehe ihn noch, wie er damals, fremd und von irgendwo hergeweht, vor uns im Klassenzimmer stand. Ein dunkelhäutiger kleiner Kerl, mit hellen Zähnen und pechschwarzem Haar. Von meiner ersten Bank aus sah ich, dass er schmutzige Fingernägel hatte, und sagte das meinem Nachbarn. Der hatte dafür auf seinem weißen Hemd Flecken entdeckt, und weiter drüben, in der anderen Ecke, lachte man über die Schnüre, die er anstelle von Schnürsenkeln in den Schuhen hatte. Das Lachen aber war noch versteckt, kicherte noch zwischen verstoh-

---

* Der Titel stammt von den Herausgebern dieses Buchs, der Text hatte ursprünglich keinen Titel. Oliver Storz schrieb auf die rückwärtige Heftinnenseite, als Aufforderung an seine Mutter: »Wenn Dir ein Titel einfällt, setz ihn vorne drauf!«

len vorgehaltenen Händen von Bank zu Bank, es war sozusagen noch kein offizielles Klassengelächter, wie es allgemein, unverhohlen und unter stiller Förderung des Lehrers, der dann selbst lächelte, zuweilen auszubrechen pflegte. Der Polizist, der den jungen Zigeuner gebracht hatte, stand noch da und sprach mit dem Lehrer. – Eigentlich war nichts geschehen, außer, dass ein Zigeunerjunge, dessen Familie sesshaft geworden war, jetzt von der Polizei aus die Schule besuchen musste. – So war das Lachen also zunächst dasjenige, das einem tückisch vorbereiteten Streich vorauszugehen pflegte. Da aber sahen plötzlich alle, wie der Lehrer und der Polizist sich zugrinsten, als lachten sie verständnisinnig über einen schlechten Witz, über den laut zu lachen für sie nicht schicklich sei. Dann schauten sie, immer noch grinsend, den dunklen Kerl an.

Mit diesem Grinsen fängt meine Geschichte an: Das war der Freibrief, ja die legitime Aufforderung zum offiziellen Klassengelächter. Nicht mitzulachen hieß jetzt, sich öffentlich mit dem Neuen, dem Inbegriff des Andersseins, des Vogelfreien, auf eine Stufe zu stellen. – Also brach das Gelächter los. – So ein

Klassengelächter ist herzerfrischend, es hebt einen aus dem ölgestrichenen Graugrün des Schulzimmers, aus den Schulsorgen befreiend in die Herzlichkeit unbändiger Wonne, in die Maßlosigkeit der fröhlichen Grausamkeit. Es verwandelt das Klassenzimmer in ein prickelndes Varieté, in dem tausend Normale, Gleichberechtigte, unter sich Gleiche – kurz, tausend Menschen über einen verkleideten Affen lachen. Das Lachen verbrüdert Todfeinde, denn in der Gemeinschaft des Lachens gibt es nur gleichgeachtete, gleichberechtigte Lachpartner.

Da geschah etwas, was damals wohl keinem auffiel oder bemerkenswert erschien. Wenn ich heute daran denke, meine ich, es gibt nichts Traurigeres, nichts Herzzerreißenderes, und ich möchte manchmal – aber was schreib' ich? – der Kleine stand im Gelächter, und es muss schrecklich gewesen sein, ein Wesen so fehl am Platz, so entwurzelt zu sehen. Er sah hilflos zum Lehrer, der lachte selber. Zum Polizisten, der ihn da aufgescheucht hatte, wo er hingehörte, und vor dem er einen vielleicht angeborenen Schrecken haben mochte, wagte er nicht zu schauen. – Sein Blick traf mich, wohl weil ich in der ersten Bank saß. Sein Blick – ein uns so fremder, dunkler, unaussprechlich verzweifelter. Ich fühlte mich unsicher und angesprochen um ein bisschen Gnade, um einen einzigen Blick, in dem etwas von Duldung, von Anerkennung gewesen wäre. – Da sah ich an ihm ein giftgrünes, zerknittertes altes Seidenband, das ihm wohl seine gute Mutter als Krawatte vorsorglich um den Hals geschlungen hatte. Ein verzweifelter Versuch, die Toleranz der bürgerlichen Welt zu gewinnen. – Das sah ich damals nicht, ich sah nur die Karikatur einer Krawatte und lachte in seine großen dunklen Augen hinein. – Da geschah es: Sein einer Mundwinkel zog sich nach oben, dann der andere, seine Augen waren jetzt tiefschwarz, und er fing an zu lachen, lachte mit Verzweiflung in den Augen und mit hochgezogenen Mundwinkeln, lachte mit mir und den anderen über sich selbst. Er wollte zu uns freundlich sein, wie einer, der aus Freundlichkeit über einen Witz lacht, dem zuliebe, der ihn erzählt. Er stimmte uns bei, dass es ganz richtig sei, über ihn zu lachen, und bekräftigte es, indem er selbst lachte.

Das ist das Traurigste, das Furchtbarste, was ich erlebt habe: Er brachte uns seine eigene Lächerlichkeit zum Gastgeschenk. Er sagte: »Ich bin lächerlich«, und wusste nicht, weshalb, und lachte mit uns das Lachen grenzenloser Gemeinheit.

Es war nun endlich wieder still, der Polizist war hinausgegangen, und der Lehrer wies dem Neuen seinen Platz. Er war ganz hinten in der letzten Bank, die gewöhnlich leerstand. Es war Ehrensache, ab und zu einen belustigten, zugleich erneut trennenden Blick nach hinten zu werfen. Bei einem solchen Blick sah ich, dass das grüne Band verschwunden war. Wäre an seiner Stelle der hässlichste aller Straßenköter zu uns gekommen – er hätte sich vor Liebesgaben und Zärtlichkeitsbezeigungen nicht retten können.

In der Pause wollten sie ihn verhauen. Warum? Es muss eine Art von Hilflosigkeit geben, die dazu reizt. Sie standen im Kreis um ihn herum, und ich sah, dass sie junge, starke Tiere waren. – Junge Löwen, die etwas Fremdes sahen, das schwächer war als sie. Ich war plötzlich ausgeschlossen aus der Gemeinschaft der Grausamkeit. Kurz bevor der Erste

Oliver Storz

zuschlagen wollte, hatte mich wieder der dunkle Blick getroffen. Er bat diesmal nicht um Schutz. Es war eine letzte Entschuldigung, er entschuldigte sich, dass er auf der Welt war oder dass er anders auf der Welt war als wir. Ich fand mich plötzlich in der Mitte des Kreises vor ihn getreten. Dann sagte ich irgendetwas. Auf jeden Fall war die Situation gerettet. Der Kreis zerstreute sich, und ich ging mit dem Neuen im Hof herum. Wir standen uns dann gegenüber, und ich sah, dass er lange schwarze Augenbrauen [sic] hatte. Er sagte: »Ich wäre nicht gekommen, aber die Polizei ...« Er wollte sagen, er habe nicht von selbst die Frechheit besessen, uns durch seine Existenz zu reizen. Es war – wenn ich's heut überlege – alles so grauenhaft erbärmlich. Plötzlich wippte er kurz in den Knien und schlug einen vollendeten Salto. Dann sah er nach mir, und als ich anerkennend nickte, sagte er: »Ich will bei Ihnen bleiben und immer Salto schlagen, wenn Sie's wollen. Ich kann auch singen.« Ich lachte und sagte, er solle doch »du« sagen, ob er mit ins Freibad komme, nach der Schule. Da war er fast wieder froh.

180

Im Freibad gingen wir schnell in die Kabinen und zogen uns um. Ich kam mir jetzt gütig vor und fühlte mich wohl in meiner Haut. – Ich war fertig und trat hinaus, fast gleichzeitig mit mir kam der Neue. Da geschah etwas: Irgendwo kicherten einige der umherliegenden braungebrannten Leiber. Das Kichern rann über die Liegewiese, und ich sah mich plötzlich umgeben von meinen Bekannten, Buben und Mädchen, in flotten Badeanzügen. Ihr Gelächter ging mir durch Mark und Bein. Ich sah in ein Mädchengesicht. Ein mir sehr wichtiges Mädchengesicht. Sie lachte nicht. Sie sah mich nur mitleidig, verdammt ironisch mitleidig an. So sah sie nur noch hübscher aus. Das Gelächter wuchs. Ich drehte mich um. Hinter mir stand der dunkle Kleine in einem sackartigen Gebilde, bestrebt, es mittels einer Schnur und einer Nadel wenigstens halbwegs in der Taille zum Halten zu bringen. Dabei lachte er, hilflos seine Lächerlichkeit bekräftigend, nach allen Seiten. Mir stieg das Blut hoch. »Dein neuer Freund!«, rief man überall. – Das Mädchen sprach, halb abgewandt, mit einem meiner Kameraden. Ab und zu sah sie her und verzog ihren hübschen Mund. Der Kleine schien zu fühlen, dass er mich in eine peinliche Situation gebracht hatte. Um mich versöhnlich zu stimmen, schlug er einen Salto. Dann, bemüht, die bedenklich rutschende Bekleidung zu halten, sah er mich an. Er sah mich an mit seinem hündischen, sich selbst preisgebenden und doch so geheimnisvollen Blick. Es war zum Wahnsinnigwerden. Da war sein Blick, der sagte: »Verzeih, dass ich auf der Welt bin.« Und da war so viel in mir, was ich selbst nicht kannte, so viel, was auf mich zukam, von unbekannten Gefühlen, die an mir rissen und in mir wühlten, ich war einfach durch den kleinen, lächerlichen Kerl herausgerückt aus allem Bisherigen, war nicht mehr normal, was man so nennt. Tag für Tag Schule, Kameraden, Eltern, alles geordnete, erprobte Gefühlsregister. Und das hier war fremd und wild, und immer noch der dunkle, jämmerliche Blick in meinen Augen, von dem man nicht wusste, war er voll von einer unheimlichen Gewalt, oder war er nur das jämmerliche Hingegebensein an die Pein ... – ja, das eben war die Macht, die er über mich hatte: Das traurige, hilflose, um Entschuldigung flehende Lächeln über die eigene Schwäche, über die Schuld, deren er sich nicht bewusst war und die doch vorhanden sein musste – das war die Macht, die er über mich hatte. – Da schwoll das Lachen wieder an. Und nun tat ich das Gemeine und wusste genau, was ich tat. – Ich lachte und schlug mitten hinein in alles, was gewesen war zwischen mir und dem dunklen Blick, in die hündische An- hänglichkeit und Zuneigung des einen und in meine eigene seltsame Liebe zu dem Kleinen. Ich gab ihm einen Stoß und lachte, als er auf dem Boden war, hell auf. Dann brach der Chor der anderen los. – Meine Ehre war gerettet. Ich war rehabilitiert.

Und dann sah ich mich um, ob das Mäd- chen auch zugesehen habe.

So endete der erste und letzte Schultag des kleinen Fremdlings, der meinte, mit einem grünen Band und Bescheidenheit bei uns Bür- gersöhnen Einlass zu finden. Er kam zu uns und wollte nichts als geduldet werden. Wir haben ihn ausgelacht. Er wollte mein Freund sein, ich hab' ihn geschlagen. Warum? Wir wissen's alle nicht. Und wenn er später ein Dieb, ein »schlechter Mensch« wurde, was können wir dafür? Was geht's uns an? Viel- leicht macht ihm später einer meiner Kameraden als Staatsanwalt den Prozess, einer der Lacher von damals.

Der Kleine hat sich aufgerappelt. Dann verschwand er durch ein Spalier lachender Kerle, die ihn von einer Seite zur anderen schubsten. Mittendrin hat er sich noch nach mir umgesehen. Ich sah seine Augen. Die Stöße und das Lachen machten ihm jetzt nichts mehr aus. Ich sah es. Es war etwas anderes, etwas ganz anderes. Ich kann nicht sagen, was …

Es hat mich furchtbar traurig gemacht.

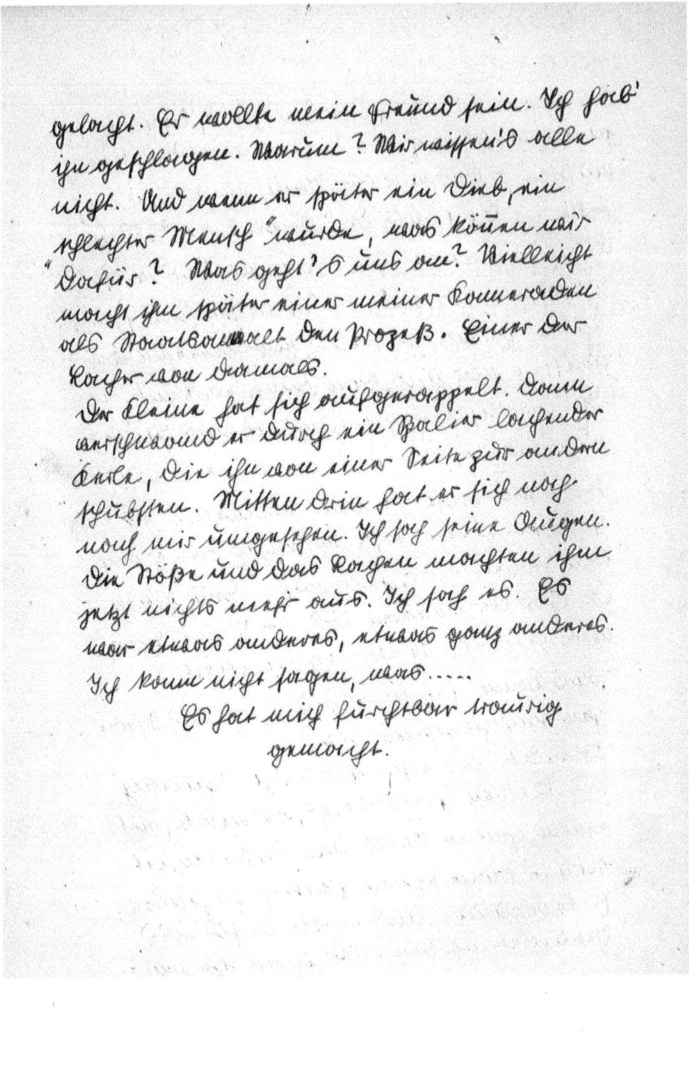

gelacht. Er wollte mein Freund sein. Ich hab' ihn geschlagen. Warum? Wir wissen's alle nicht. Und wenn er später ein Dieb, ein schlechter Mensch "würde, was können wir "dafür? Was geht's uns an? Vielleicht macht ihm später einer meiner Kameraden als Staatsanwalt den Prozeß. Einer der Jungen von damals.
Der Kleine hat sich aufgerappelt. Dann verschwand er durch ein Spalier lachender Kerle, die ihn von einer Seite zur andern schubsten. Mitten drin hat er sich noch nach mir umgesehen. Ich sah seine Augen. Die Stöße und das Lachen machten ihm jetzt nichts mehr aus. Ich sah es. Es war etwas anderes, etwas ganz anderes.
Ich kann nicht sagen, was.....
Es hat mich furchtbar traurig gemacht.

Nancy Mitford

LANDPARTIE MIT DREI DAMEN

Roman

»Bitterböses

Zitronen-

soufflé.«

Felicitas von

Lovenberg,

DIE ZEIT

ISBN 978-3-548-61132-7

Chalford, eine idyllische Kleinstadt in den dreißiger Jahren. Eugenia, hoffnungsvolle Erbin des Malmain-Anwesens, macht ihrer Großmutter Kummer. Seit sie ihren treuen Begleiter »Reichshund« ruft, auf Waschzubern vor gelangweilten Hausfrauen faschistische Parolen skandiert und ihre Freunde mit erhobenem Arm begrüßt, fürchtet die Großmutter um den Frieden in ihrem Haus. Erst als zwei junge Männer mit ausgezeichneten Manieren auftauchen, schöpft sie Hoffnung. Oder sind Jasper und Noël nur auf eine Mitgift aus?

www.list-taschenbuch.de

List

L494

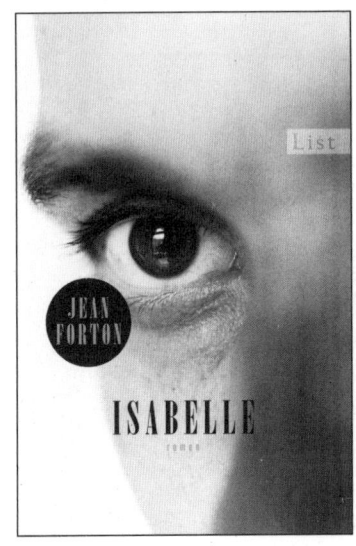

Kerstin Decker
Lou Andreas-Salomé

Der bittersüße Funke Ich
Biographie
ISBN 978-3-548-61107-5

»Du gehst zu Frauen? Vergiss die Peitsche nicht!« –
für Nietzsches wohl bekanntesten Ausspruch ist Lou
Andreas-Salomé mitverantwortlich. Der von ihr zu-
rückgewiesene Philosoph rettete sich in Verachtung.
Wer war diese Frau, die Rilkes frühe Dichtung in den
Papierkorb beförderte, mit Nietzsche über Philosophie
und mit Freud über Psychoanalyse diskutierte – von
ihnen allen als ebenbürtig anerkannt? Kerstin Decker
wirft einen neuen Blick auf Lou Andreas-Salomé, die
wie wenige ihrer Zeit ein ganz und gar eigenständiges
Leben führte.

»Scharfsinnig wie ein Adler, mutig wie eine
Löwin.« *Nietzsche über Andreas-Salomé*

»Es ist vor allem Deckers sprühende Sprach-
lust, die dieses Buch zu einem Lesever-
gnügen macht.« *Frankfurter Rundschau*

List

www.list-taschenbuch.de